Thomas Dellenbusch

Verstecktes Herz

Erzählung

Die Deutsche Nationalbibliothek verzeichnet diese Publikation in der Deutschen Nationalbibliographie. Detaillierte bibliographische Daten sind im Internet über http://www.dnb.de abrufbar.

Thomas Dellenbusch
"Verstecktes Herz"

Deutsche Erstveröffentlichung
1. Auflage 2016
Copyright © 2014 Thomas Dellenbusch
Alle Rechte vorbehalten
Lektorat & Satz: KopfKino-Verlag
Covergestaltung: coverandbooks / Rica Aitzetmüller
Umschlagmotiv: © Masson, Shutterstock

KopfKino-Verlag
Thomas Dellenbusch
Gluckstr. 10
D-40724 Hilden

ISBN: 978-3-9816987-6-3

www.MeinKopfKino.de

THOMAS DELLENBUSCH

Verstecktes Herz

ERZÄHLUNG

Über KopfKino:

KopfKino, das sind berührende, nachdenkliche oder auch spannende Geschichten in **Spielfilmlänge**. Ihre ungefähre Lesezeit liegt zwischen 60 und 180 Minuten.

Sie eignen sich daher wunderbar für all die vielen kleinen zeitlichen Zwischenräume, die das Leben hat: für die Reisezeit in Bahn, Bus, Auto oder Flugzeug, für die Stunden in Wartezimmern, für den Nachmittag im Freibad oder am Strand, vor dem Schlafengehen oder einfach so für zwischendurch, um circa zwei Stunden unterhaltsam zu füllen.

Da ihre Lesezeit ungefähr der Länge eines Spielfilms entspricht, eignen sie sich auch hervorragend, um sie sich gegenseitig vorzulesen und den Fernseher einmal ausgeschaltet zu lassen. Lassen Sie sich von Fernseher und Leinwand nicht das ganze Vergnügen abnehmen.

Genießen Sie Ihren eigenen Film auf der größten Kinoleinwand der Welt: Ihrer Fantasie!

Jede Erzählung ist als eBook und als Hörbuch erhältlich, viele auch als Taschenbuch.

Informieren Sie sich regelmäßig auf
MeinKopfKino.de
über Neuerscheinungen, die Autoren, Termine für Lesungen, Hintergründe, oder laden Sie sich einzelne Geschichten als eBook oder Hörbuch herunter.

1

In Seilersfeld gab es keinen Friseursalon. Das kleine Nest mit seinen gerade einmal achthundert Einwohnern in Niederbayern, zwischen Landshut und Passau gelegen, verfügte lediglich über einen Bäcker, einen Gasthof mit Gästezimmern und ein kleines Lebensmittelgeschäft, das auch ein überschaubares Sortiment an Drogerie- und Haushaltsartikeln sowie Schreibwaren anbot. Die öffentlichen Einrichtungen erschöpften sich, von der Pfarrkirche abgesehen, in einem Gemeindesaal, einer Grundschule mit angeschlossenem Kindergarten und einem kleinen Rathaus. In dessen Parterre befand sich außerdem das Büro von Hubert Förster, dem für Seilersfeld zuständigen Bezirksbeamten der Polizei.

Für alles andere, wie beispielsweise einen Friseursalon, war Seilersfeld zu klein. Die Damen des Dorfes mussten in die Kreisstadt fahren, wenn es darum ging, sich eine aufwendige Haartracht herrichten zu lassen, die sie für besondere Anlässe wie Hochzeiten, Taufen oder Beerdigungen für notwendig erachteten. Für die meisten, die alltäglichen Anwendungen jedoch besuchten sie Birgit Förster, die Frau des Dorfsheriffs, wie ihr Mann von den Dorfbewohnern liebevoll genannt wurde.

Birgit Förster hatte das Friseurhandwerk gelernt. Ihre Anstellung in einem Salon der Kreisstadt hatte sie aufgegeben, als sie das erste Mal schwanger wurde und ihr Mann den Posten des Bezirksbeamten im Seilersfelder Rathaus erhielt. Jetzt bot sie den Damen des Ortes ihre Leistungen in der heimischen Küche an und besserte so das Einkommen des Haushaltes auf.

Es gab noch einen weiteren, ganz praktischen Grund, warum Friseurtermine in der Stadt möglichst selten wahrgenommen wurden. Anfang der Sechziger verfügten nur sehr wenige Frauen in Deutschland über einen Führerschein. In Seilersfeld war es keine einzige. Auch gab es nicht viele Kraftfahrzeuge im Eigentum der Dorfbewohner. Die Bäckerei Berggruber verfügte über einen kleinen Lieferwagen, schon beruflich bedingt. Auch die Familie Kranz, die den Lebensmittelladen hatte, und die Heuslingers, die den Gasthof betrieben, besaßen einen, aber die Zahl privater PKW in Seilersfeld war zu jener Zeit doch sehr übersichtlich.

An diesem Nachmittag also saßen Hilde Kranz, ihr Sohn Bernd sowie die Bäckerin Ruth Berggruber in der kleinen Küche der Polizistengattin und gelernten Friseurin. Für den sechzehnjährigen Realschüler waren diese Termine bei Frau Förster nicht nur stinklangweilig, sondern auch höchst ärgerlich, wünschte er sich doch schon seit Monaten so eine Pilzkopffrisur, wie die berühmten Beatles aus England sie trugen. Und obwohl er seinem Vater einmal ein halbherziges »Meinetwegen« abgetrotzt hatte, legte seine Mutter weiterhin ein striktes Veto gegen diese im wahrsten Sinne des Wortes haarsträubende Idee ein.

Daher kämpfte der Junge an solchen Tagen gegen den eigenen Frust, wenn Frau Förster ihm jene Haarlängen abschnitt, die über die kurzen Zähne ihres Kammes hinausragten. Denn das führte nach einer erfreulichen Phase des Wachstums erneut zu säuberlich freiliegenden

Ohren und zu einem akkurat gezogenen Seitenscheitel. Somit sollte also der Holzgärtner Michl weiterhin der einzige Junge im Dorf bleiben, der eine Beatlesfrisur tragen durfte. Der allerdings war Bauer oder besser gesagt, er war der ebenfalls sechzehnjährige Sprössling des Bauern Gustl Holzgärtner. Und einem Bauersburschen ließ man ein äußeres Erscheinungsbild durchgehen, das keine gutbürgerlichen Maßstäbe zu erfüllen brauchte. Außerdem sah sein Pilzkopf wegen der nicht regelmäßig geschnittenen Haarspitzen weniger wie ein solcher, sondern vielmehr wie ein Wischmop aus. Daher wurde er von den Eltern seiner Altersgenossen auch nicht als Vorreiter einer neuen und allein schon deswegen abzuwehrenden Haarmode gesehen, sondern einfach als das, was er war. Ein Bauer.

An diesem Nachmittag kämpfte Bernd »Berni« Kranz ausnahmsweise einmal nicht gegen Langeweile und Frust. Im Gegenteil. Er fürchtete, dass sein gesteigertes Interesse am Gespräch der drei Frauen ungewollt durch die plötzlich intensivere Durchblutung seiner Ohrläppchen verraten werden könnte. Er bemühte sich daher, denselben gelangweilten Gesichtsausdruck hinzubekommen, der seine Anwesenheit in Frau Försters Küche üblicherweise auszeichnete.

Sie sprachen über die Neue im Dorf.

Vor gut drei Wochen war diese in den Anbau gezogen, den der Holzgärtner Gustl vor vielen Jahren für seine damals noch lebenden Eltern an das Wohngebäude seines Hofes gebaut hatte. Nachdem auch seine Mutter verstorben war, war diese Einliegerwohnung mit separatem Eingang unbewohnt geblieben. Nun also wohnte wieder jemand darin.

Seit Ende Mai.

Die Neue im Dorf.

Yvonne Schmidt.

Und diese Yvonne Schmidt avancierte vom ersten Tage an zum heftigen Dorfgespräch unter den Erwachsenen und zeitgleich zur spätabendlichen Fantasie der pubertierenden Jungen wie Berni Kranz.

An ihrem ersten Tag in Seilersfeld stöckelte sie auf hohen Absätzen durch die Ortschaft, die ihre langen, schlanken Beine noch langgestreckter erscheinen ließen. Bedeckt wurden diese nur notdürftig von einem blau-weiß melierten Kleidchen, dessen Saum gerade einmal ihre Knie erreichte und das unverschämt eng ihre schwungvollen Hüften und die runde Apfelform ihres Hinterns betonte. Das Schlimmste (oder Aufregendste, je nach Gusto des Betrachters) war jedoch das, was sich eben jenem Betrachter oberhalb der Gürtellinie darbot.

Eine gertenschlanke Taille erweiterte sich zu einer beträchtlichen und ebenso festen wie ausladenden Oberweite, deren Fähigkeit, die Blicke auf sich zu ziehen, nur noch von der jugendlichen Schönheit eines Gesichtes übertroffen wurde, wie es die Jungen in Seilersfeld noch nie und die Alten nur im Kino jemals gesehen hatten.

Tief dunkelbraune und große Augen bildeten zusammen mit einer zarten Nase, einer reinen und leicht gebräunten Haut, erhabenen Wangenknochen und vollen roten Lippen ein engelsgleiches Antlitz, das umspült wurde von einer offen getragenen Mähne vollen schwarzen Haares, welches sich in natürlichen Wellen über Schultern und Rücken ergoss.

Zunächst hätte an diesem ersten Tag bei den Dorfbewohnern in Seilersfeld der Eindruck entstehen können, eine berühmte Diva des internationalen Films habe sich hierher verlaufen, wäre da nicht der siebenjährige Paul an ihrer Hand gewesen, den diese Fremde an eben diesem Tage an der Grundschule von Seilersfeld anzumelden gedachte. Und obwohl ihr die Tatsache, eine Mutter zu sein, zu einer allseits die Gemüter beruhigenden mehr oder weniger stillschweigenden Duldung hätte verhelfen können, war es ausgerechnet dieser Umstand, Mutter zu sein, der ihr die von Tag zu Tag spürbar werdende Missbilligung der Dorfgemeinschaft eintrug.

Denn sie war ohne Mann.

Und so stöckelte sich Yvonne Schmidt an ihrem allerersten Tag in Seilersfeld direkt und ohne Umwege in die Kopfkinos der Jungen, in die Blutbahnen der Männer und in die Gallen der Frauen. Hätten letztere sich zu jener Zeit nicht nur über Rezepte, Königshäuser oder das unmögliche Kostüm von Frau Soundso beim letzten Gottesdienst ausgetauscht, sondern auch über ihr eigenes Intimleben (was natürlich völlig undenkbar war), so wäre es ihnen untereinander aufgefallen, dass ihre Männer in den ersten Tagen nach Yvonne Schmidts Ankunft häufiger mit ihnen geschlafen hatten als sonst.

Aber darüber redete man nicht.

Für Berni Kranz war diese fremde Frau ein Zauberwesen, eine Göttin. Sie hatte etwas so Unwirkliches, etwas so über allen Dingen der Welt Schwebendes, dass er einmal stocksteif an der Haltestelle stehen blieb, als er mittags dem Schulbus entstiegen und sie auf dem gleichen Gehweg auf ihn hatte zukommen sehen. Mit jedem ihrer sanften, fast tänzelnden Schritte warfen ihre hin und her schwingenden Hüften kleine Wellen in die flirrenden Lichtpartikel der schwülen Juniluft, die sich ausbreiteten und um ihren Körper herum eine Aura schufen, in der sich die Zeit abzubremsen schien.

Selbst die Spatzen, die von Baumkrone zu Baumkrone flogen, schienen in ihrer Nähe wie Bussarde in der Luft verharren zu können, als bemühten auch sie sich, einen ungestörten Blick zu tanken von einem Zauber, wie ihn die Natur nur in ganz besonderen Momenten hervorzubringen vermochte. Als sie näher kam, konnte Berni in ihrem Ausschnitt den Ansatz ihres Busens sehen, in dem ebenfalls bei jedem ihrer Schritte kleine Wellen waberten. So wie bei Götterspeise, wenn man an den Tisch stieß. Und als sie ihn und die Haltestelle erreichte, fiel aus ihren großen warmen Augen ein wohlwollender Blick und von ihren verheißungsvollen Lippen ein sanftes Lächeln auf ihn herab. Dann war sie auch schon an ihm vorbei und ließ, während sie sich entfernte, einen Hauch von Lavendel zurück.

An diesem Abend konnte er erst spät einschlafen.

Am darauf folgenden Sonntag hatte der Pfarrer von seiner Kanzel herab von der Schönheit gepredigt. Nicht von Yvonnes Schönheit im Speziellen. Um Himmels willen, nein! Einfach so ganz allgemein von der Schönheit. Dass sie nämlich selbstverständlich, wie alles andere auf Gottes Erdenrund auch, vom liebenden Schöpfer erschaffen und daher grundsätzlich gut und göttlich sei. Aber dann fand er einen schönen Bogen zu seinem eigentlichen Anliegen. Denn wie andere verführerische Dinge, zum Beispiel Macht oder Besitz, sei auch die Schönheit anfällig, vom Teufel zweckentfremdet, ja missbraucht zu werden, um die Gottesfürchtigen in Versuchung zu führen.

Er ging auf die Frage ein, woran der Gläubige erkennen könne, ob sich ihm eine Schönheit in göttlicher Gestalt darbot, oder ob sich hinter ihr die teuflische Fratze des Satans verbarg. Zu diesem Zweck las er aus Matthäus, Kapitel 7: An ihren Früchten sollt ihr sie erkennen.

Gute Bäume trügen keine schlechten Früchte und schlechte Bäume keine guten. Prüft, wenn ihr der Schönheit Antlitz schaut, welche Art Früchte sie hervorgebracht, erschaffen oder geboren hat. Er sagte tatsächlich »geboren«. Sind es gottgefällige Früchte oder solche, die aus Sünde entstanden sind. An ihren Früchten sollt ihr sie erkennen, und dann urteilt die Schönheit, in deren Antlitz ihr schaut.

Diese Predigt, fand Berni, präsentierte sich selbst in einer gewissen Schönheit.

Amen.

Jetzt, während Frau Förster ihm den Pony schnitt, hielt er seine Augen geschlossen, um keine fallenden Haarspitzen hinein zu bekommen. So lauschte er, innerlich ganz angespannt, wie sich seine Mutter, Frau Förster und Frau Berggruber über die neue Frau im Dorf unterhielten. Obwohl, das war ihm klar, man das nur schwer als eine Unterhaltung hätte durchgehen lassen können. Es war vielmehr ein gegenseitiges Ereifern.

»Hure!«, hörte er plötzlich seine Mutter sagen.

»Hilde! Der Junge!«, schallte es empört von Frau Berggruber zurück.

»Ach was, der Bengel kann ruhig hören, was seine Mutter darüber denkt«, erwiderte diese und strubbelte mit der flachen Hand über den Kopf ihres Bengels, so dass Frau Förster den soeben fertig gestellten Seitenscheitel erneut nachziehen musste.

Hilde Kranz war beileibe keine ansehnliche Frau, und sie stritt stets in dem unerschütterlichen Bewusstsein, sowieso Recht zu haben. Die Frisur ihrer graublonden, mit rötlichen Schlieren durchsetzten Haare war eigentlich so etwas, was man als Pilzkopf hätte bezeichnen können, nur dass man das bei Frauen nicht so nannte, sondern Pottschnitt. Auch die bleiche, stets etwas kränklich wirkende Haut ihres runden und feisten Gesichtes wies diese rötlichen Schlieren auf. Diese versuchte sie, meist vergeblich, mit zu viel Puder abzudecken, während sie sich jene in den Haaren absichtlich von Frau Förster hinein machen ließ.

Diskussionen mit ihr fühlten sich für das jeweilige Gegenüber immer unangenehm an, denn ihre Unterlippe war von Natur aus deutlich dicker als die schmale Oberlippe, was ihrem Mund immer etwas Schnippisches gab. Wer mit ihr diskutierte (ihr Mann tat das schon seit Jahren nicht mehr), hatte permanent das Gefühl, mit seinen eigenen Wortbeiträgen vorsichtig sein zu müssen, weil dieser Mund durch sein angeborenes Aussehen schon so eine große Skepsis ausstrahlte, dass man seine Worte intuitiv mit Bedacht zu wählen bemüht war.

Verstärkt wurde diese Wirkung durch zwei kleine giftige Augen, die tief eingebettet waren zwischen fleischigen Wangen und einer dicken Augenbrauenwulst, auf denen die Brauen wie struppiges Gras auf Sanddünen sprossen. So eingebettet sahen ihre Augen immer wie zugekniffen aus, so als sei der dahinter verborgene Geist in jedem Augenblick bereit, den Diskussionsgegner anzuspringen, wenn dieser etwas Falsches sagte.

Nichtsdestotrotz war diese energische Frau im Dorf anerkannt und wurde durchaus auch gemocht, war sie doch immer an vorderster Front zu finden, wenn es um die Organisation von Schul-, Kindergarten- oder Kirchenfesten ging, zu denen sie aus ihrem Laden meistens auch maßgebliche Mengen an Leckereien beisteuerte. Darüber hinaus konnte man gelegentlich auch bei ihr anschreiben lassen, wenn es gegen das Ende des Monats ging.

Normale Unterhaltungen mit ihr, in denen es lediglich um den Austausch der üblichen, die Frauenzimmer des Dorfes interessierenden Banalitäten ging, waren durchaus angenehm und humorig. Oft war Hilde Kranz diejenige, die Neuigkeiten wie beispielsweise eine Schwangerschaft im Ort, eine anstehende Verlobung oder etwas Ähnliches als Erste wusste, was auch ein Grund dafür war, dass die meisten Frauen sich gerne und bereitwillig auf einen kurzen oder auch längeren Plausch mit ihr einließen.

Während also banale Unterhaltungen mit ihr in Ordnung waren und auch interessiert gesucht wurden, waren Diskussionen mit ihr etwas, was man gerne vermied. Und eine solche stand hier nun im Raume.

Denn obwohl an diesem Tage Worte wie *Flittchen*, *Obszön* oder *Halbnackt* in der Küche von Frau Förster gefallen waren, stellte das Wort *Hure* eine andere Qualität dar, welche die bisherige, ereifernde Unterhaltung in eine Diskussion zu verwandeln drohte. Denn die Kauffrau ließ in ihrem Tonfall keinen Zweifel daran aufkommen, dass sie dieses Wort nicht einfach nur in einem die Würde herabsetzenden und beleidigenden Sinne gebraucht hatte, sondern als inhaltlich ernst gemeinte Berufsbezeichnung.

Und das ging den anderen beiden nun doch zu weit, zumal es zunächst einmal keine stichhaltigen Gründe gab, die eine solche Behauptung untermauert hätten. Außerdem machte ihnen diese Vorstellung Angst. Da war einerseits die Sorge um den immer noch anwesenden Berni, der hier vermutlich zum ersten Mal in seinem noch jungen Leben mit den sündigen Abgründen einer unvorstellbar aus der gottgegebenen Natürlichkeit verschwundenen Moral konfrontiert zu werden drohte, aber da war noch eine andere Angst.

Eine, die tiefer saß.

Eine Angst, die sie und ihre Welt auf eine ganz fundamentale Weise bedrohte. Und selbst wenn diese

Bedrohung von ihnen im ersten Moment noch recht diffus empfunden wurde und die sie spontan nicht hätten konkret begründen können, so würden ihnen die Folgen einer echten und leibhaftig im Dorf lebenden Prostituierten doch bald klar werden. Auch gemeinsam würden sie es nicht verhindern können, dass die eigenen Kinder mit der Kenntnis über käufliche Sexualität aufwachsen würden, mit all den Folgen, die das für ihre moralische Entwicklung und für ihren Blick auf Frauen hätte. Zu allem Überfluss wäre der unglückliche Sohn dieser Frau selbst erheblich in seiner psychischen Entwicklung gefährdet, da ihm Spitznamen wie *Hurensohn* oder Vergleichbares sicher wären. Daneben dürfte die Annahme begründet sein, dass ihr geliebtes Seilersfeld in den umliegenden Gemeinden offen oder hinter vorgehaltener Hand als *Hurendorf* verunglimpft werden würde. Ganz abgesehen von der Tatsache, dass ständig und zunehmend Fremde nach Seilersfeld kämen, um Yvonne Schmidt im Holzgärtneranbau aufzusuchen, darunter vielleicht auch zwielichtige oder sogar gefährliche Subjekte. Und dabei war die Vorstellung geradezu erschütternd, dass die Hure abends ihre Kunden bediente, während im Zimmer nebenan der siebenjährige Paul versuchte, in den Schlaf zu kommen.

Die größte Bedrohung jedoch betraf ihre eigenen Ehen. Yvonne Schmidt war keine abgerissene, in die Jahre gekommene und unansehnliche Altnutte, sondern stellte eine junge, äußerst attraktive Verführung dar, über die jetzt schon an den abendlichen Stammtischen geredet wurde. Selbst wenn kein einziger Mann in Seilersfeld dieser Versuchung erliegen sollte, so bestand dennoch die Gefahr, dass sich beispielsweise die wöchentlichen Schafkopfspieler oder die Kegler im Heuslinger Gasthof anzügliche Anspielungen nicht würden verkneifen können.

Was grinst Du denn so?

Kommst Du gerade von ihr?

Die Frauen wussten aus jahrelanger Erfahrung, dass sich aus solchen Bemerkungen schnell ein Gerücht entwickeln kann, das stets das Potential hatte, wiederholt und weitergetragen zu werden.

Selbstverständlich würde der Mann mit dem Grinsen im Gesicht eine nachweisbare Erklärung für seine Glückseligkeit parat haben. Er habe heute eine Gehaltserhöhung bekommen, er würde bald Vater werden, oder er habe sich heute endlich den lang ersparten Fernsehapparat zulegen können. Aber diese Kommst-Du-von-ihr-Frotzelei würde zur Gewohnheit werden, vielleicht sogar zu einer geflügelten Begrüßungsformel unter bierseligen Männern, und nicht immer würde der derart Gefrotzelte gerade Vater werden oder eine Gehaltserhöhung verkünden können.

Bliebe diese Schmidt lange genug im Dorf, würden selbst absolut integre Männer nicht mehr beweisen können, niemals etwas mit ihr zu tun gehabt zu haben. Und diese grundsätzliche Unmöglichkeit des Gegenbeweises enthielt eine langsam aber sicher das Vertrauen zersetzende Kraft.

Gerüchte waren Behauptungen, die vermutlich falsch,

grundsätzlich aber denkbar waren. Gleichzeitig zutreffend und auch wieder nicht. Diese mit der Zeit zunehmende Unsicherheit, ob und was zutreffend oder denkbar oder gar anzunehmen war, würde sich schleichend in immer mehr Ehen drängen.

Der Versuch, nicht mehr davon zu reden, die Übereinkunft, den schwelenden Generalverdacht in einem gegenseitig vereinbarten Schweigen zu ersticken, ließe das Unaussprechliche zwischen ihnen erst recht am Leben. Gerade für Unaussprechliches war Schweigen die kalorienreichste Nahrung. Und was dann letztendlich tatsächlich totgeschwiegen werden würde, wären jene Ehen, die sich vom Schweigen doch ihre Rettung versprachen. Die pure Anwesenheit einer Dorfprostituierten würde Folgen zeitigen, die zum Perfidesten gehörten, dessen sich eine harmonische und bis dahin funktionierende Gemeinschaft ausgesetzt sehen kann.

Wie gesagt, das war ihnen in dem Moment nicht in all seinen konkreten Einzelheiten bewusst, aber sie spürten instinktiv die Gefahr. Und das war sicher der Grund dafür, dass sie Hilde Kranz zunächst so heftig widersprachen, obwohl ein ihr gegenüber ausgesprochener Widerspruch normalerweise etwas war, was man tunlichst vermied, insbesondere wenn er heftig erfolgen würde.

Aber an diesem Tag widersprachen sie ihr. Es konnte einfach nicht sein, was nicht sein durfte. Ihre Erwartung, dass ihre Freundin, wie sonst üblich, auf sie einpoltern würde mit ihrer sie auszeichnenden rechthaberischen

Vehemenz, erfüllte sich diesmal jedoch nicht. Stattdessen wurde Hilde Kranz ganz ruhig, verscheuchte zunächst ihren Sohn von jenem Küchenstuhl, um den herum Birgit Förster das herunter gefallene Ende einer vergeblich erträumten Beatlesfrisur zusammenfegte, und setzte sich dann selbstgefällig auf dessen Platz, weil sie die Nächste an der Reihe war.

Dann breitete sie die Fakten vor ihnen aus.

Diese Schmidt hatte den Holzgärtneranbau angemietet, arbeitete aber offensichtlich nicht. Sie hatte keinerlei Stelle in Seilersfeld, und sie hatte sich bisher auch nicht ansatzweise um eine bemüht. Auch arbeitete sie offensichtlich nicht außerhalb, denn auch sie schien kein Auto zu haben, und sie hielt sich den ganzen Tag in diesem Anbau auf, von den seltenen Ausflügen zum Bäcker oder in ihren Laden einmal abgesehen. Und obwohl sie kein Einkommen zu erzielen schien, habe diese Schmidt immer eine ungewöhnlich große Zahl an Banknoten im Portemonnaie, wenn sie dieses beim Bezahlen öffnete. In der Schule habe sie *Hausfrau* angegeben auf die Frage nach ihrem Beruf. Wovon lebte sie also? Und wo war der Vater des Jungen? Für eine Witwe sei sie doch wohl noch zu jung. Sicher, man könne so etwas nie wissen. Ein Unfall, eine tödliche Erkrankung. Natürlich sei so etwas denkbar. Aber sehr wahrscheinlich sei es doch eigentlich nicht, oder?

Möglicherweise kannte sie den Vater bei all ihren Kontakten noch nicht einmal.

Birgit Förster und Ruth Berggruber stöhnten hörbar auf. Berni hingegen bemühte sich, durch das Blättern in der Passauer Neuen Presse möglichst unbeteiligt zu wirken. Er fürchtete, dass seine Mutter ihn jeden Moment nach Hause schickte, aber die schien ihn völlig vergessen zu haben. Und dann präsentierte sie ihren fassungslosen Zuhörerinnen ein Wissen, das sie bis zu diesem Moment exklusiv besaß, sah man einmal von ihrem Ehemann ab, von dem sie es nämlich hatte.

Peter Kranz belieferte allabendlich mit seinem Lieferwagen die umliegenden Einöden, Höfe und kleineren Dörfer mit all jenen Dingen, die die dort lebenden Menschen aus seinem Laden benötigten. Dabei war ihm etwas aufgefallen, was seine Frau, als er ihr davon erzählte, sofort in den richtigen Zusammenhang zu bringen wusste.

Es gab Abende, wenn die Dämmerung einsetzte und er aus Seilersfeld hinaus fuhr, da parkte eine einzelne auswärtige Limousine vor dem Holzgärtneranbau. Und wenn er nach Abschluss seiner Tour nach Seilersfeld zurückkehrte, sah er einen einzelnen Herrn aus dem Anbau kommen, der in diesen dort geparkten Wagen einstieg und davonfuhr. Das eigentlich Bemerkenswerte daran war, dass es sich an den fraglichen Abenden um verschiedene Herren mit verschiedenen Autos handelte. Einmal war es ein Mercedes aus München, an einem anderen Abend war es ein dunkelblauer Opel Rekord aus Augsburg und dann war da noch ein schwarzer Porsche aus Passau.

Birgit Förster und Ruth Berggruber gaben einen kurzen, hellen und erschreckten Ton von sich, und Hilde Kranz sonnte sich für einen Moment in diesem Klang des

Rechtgehabthabens. An diesem Nachmittag geschah etwas in Birgit Försters Küche, was noch niemals zuvor geschehen war. Die Friseurin begann ihre Arbeit an Hilde Kranz' Frisur, und alle drei Frauen hingen ihren Gedanken nach und schwiegen.

Sie würden mit ihren Männern reden müssen.

Für Berni war eine Königin vom Thron gestürzt worden. Er fühlte sich enttäuscht, aber auch eigentümlich erregt zugleich.

2

Der Hof von Gustl und Wilma Holzgärtner bildete die letzte Gebäudegruppe, wenn man Seilersfeld nach Norden hin verließ. Etwa eintausend Meter, nachdem man das letzte Wohnhaus passiert hatte, kurz bevor die Straße in einer langgezogenen Linkskurve wieder nach Westen schwenkte, lag er rechter Hand. Der Hof hatte die Form eines Hufeisens mit der offenen Seite zur Straße hin. Nach Osten und Norden erstreckten sich Weiden und Felder. Es war schon spät. Das Tageslicht wich bereits einem unscharfen Dunkelgrau, und es würde bald ganz dunkel werden.

Michl rumpelte mit dem neuen Hatz Traktor, den sein Vater voriges Jahr gekauft hatte, auf den Hof. Rechts von ihm lag das alte Wohngebäude mit dem zur Straße hin verlängerten Anbau. Die Querwand des Hufeisens wurde von dem langen Stallbau gebildet, der im rechten Winkel von der östlichen Giebelseite des Wohngebäudes abging. Zwischen dem Stall und der auf der linken Seite des Hufeisens stehenden Scheune befand sich eine Durchfahrt zu dem rückseitig gelegenen Schuppen. Michl fuhr den Traktor in den Schuppen, stieg ab, schaltete die Neonröhre an und schloss das schwere Rolltor von innen.

Der Schuppen war voll gestellt mit Mistgabeln, Harken, Schaufeln und all dem Gerät, das der Hof brauchte. In einer Ecke standen zwei Pflüge und in der anderen ein großer silberner Metallspind, dessen Tür mit einem einfachen Vorhängeschloss gesichert war.

Michl war aufgeregt.

Sein Vater hatte ihn nach dem Abendbrot noch zu einer Weide geschickt, deren Zaun an einer Stelle ausgebessert werden musste, solange es noch hell sein würde. Obwohl ihm das normalerweise lästig gewesen wäre, war er diesmal ohne weiteres Murren der Bitte nachgekommen, denn so würde er erst mit Beginn der Dunkelheit zurückkehren. Deswegen hatte er sich heimlich den Schlüssel für das Vorhängeschloss des Spinds eingesteckt. Er zog ihn aus der Hosentasche und öffnete den Spind. Die Fächer lagen voll mit Werkzeug, Kabeln, Dosen mit Nägeln, Schrauben und sonstigem Krempel. Aber sein Vater bewahrte auch den Feldstecher hier auf, den er aus dem Krieg mitgebracht und behalten hatte. Michl griff ihn sich und schloss die Tür wieder. Dann schaltete er das Licht aus und stahl sich durch die Seitentür hinaus.

Sich umsehend überbrückte er die kurze Distanz zur Scheune und verschwand dann darin. Er fand den Weg zur Stiege auch im Dunkeln. Vorsichtig kletterte er hinauf auf den Boden und krabbelte zu der dem Hof zugewandten Seite. Dort war irgendwann ein kleines Stück von einem Brett herausgebrochen, und man konnte durch diesen waagerechten Spalt, der etwa eine Handbreit hoch und eine Ellenlänge breit war, nach draußen gucken.

Er legte sich auf den Bauch und sah durch die Lücke hinaus auf die Frontseite des Wohngebäudes und des Anbaus. Erst jetzt bemerkte er, was ihm bei seiner Ankunft nicht aufgefallen war. Vor dem Anbau parkte ein silberner NSU Prinz. Von hier oben konnte er das Nummernschild nicht sehen, aber er war sich sicher, dass dieser Wagen ebenfalls von auswärts war. Wie die anderen auch, deren Fahrer Yvonne besucht hatten.

Diese wohnte mit dem kleinen Paul seit mehr als drei Wochen bei ihnen. In dem Anbau, in dem Oma und Opa früher gewohnt hatten.

Am letzten Donnerstag im Mai, dem Tag nach dem schlimmen Unwetter, war ein Kastenwagen auf den Hof gefahren, und zwei Männer in grauen Overalls hatten mehrere Koffer und Taschen, eine Kommode, einen Schminktisch mit Spiegel und ein gutes Dutzend große Pappkartons in den Anbau geschleppt. Und als Michl am nächsten Mittag mit dem Schulbus aus der Schule kam, saßen diese schöne Frau und der kleine Junge bei ihnen in der Küche und aßen mit seinen Eltern zu Mittag.

Seine Mutter sagte, Yvonne sei so etwas wie eine weit entfernte Tante, aber er bräuchte nicht Tante zu ihr sagen, er könne ruhig Yvonne sagen. Er aber war, seit er sie an diesem Tag in der Küche zum ersten Mal gesehen hatte, von ihr so eingeschüchtert und fasziniert zugleich, dass er sie seitdem immer mit Frau Yvonne ansprach, obwohl sie ihm schon ein paar Mal gesagt hatte, dass er die Frau ruhig weglassen könne.

Als ihm nach ein paar Tagen aufgefallen war, dass diese fremde Tante in keiner Weise auf dem Hof mithalf, noch nicht einmal seiner Mutter ging sie zur Hand, hatte er seine Mutter darauf angesprochen. Das brauche sie nicht, hatte ihm seine Mutter erklärt. Yvonne zahle jeden Monat Geld für den Anbau und zwar viel mehr als genug, fügte sie hinzu. Dieses Geld könnten sie im Moment besser gebrauchen als die Hilfe eines ungeschickten Stadtmädels, das sich beim Melken nur die Finger brechen würde.

Von seinem Standpunkt aus, hinter dem offenen Spalt auf dem Scheunenboden, hatte er einen prächtigen Blick schräg hinunter in die Küche und die Stube des Anbaus. Das waren die beiden Räume, die zum Hof hin gelegen waren. Die beiden Schlafzimmer von Oma und Opa lagen nach hinten hinaus. Das von Opa war jetzt das Kinderzimmer von Paul und das von Oma war das Schlafzimmer der schönen Tante.

Zu gern hätte er einen Blick dahin gehabt, aber selbst wenn es nach vorne heraus gelegen hätte, die fremde Frau hielt ständig die Fensterläden geschlossen, sogar tagsüber. Ihm blieb nur die Hoffnung, dass er sie in der Stube oder in der Küche zu sehen bekam. Vielleicht, wenn er einmal ganz viel Glück haben sollte, sogar nur in Unterwäsche oder sogar ..., ihm wurde ganz mulmig bei dem Gedanken.

Er stützte sich bäuchlings auf seine Ellenbogen und hielt sich den Feldstecher vor die Augen. Das Fenster mit Blick in die Stube hatte nur Vorhänge, die aber noch nicht geschlossen waren. Das Küchenfenster wurde in der Mitte durch eine dünne Stange in zwei Hälften geteilt, an der eine weiße Spitzengardine die untere Fensterhälfte abdeckte. Michl aber konnte von seinem Beobachtungsposten aus darüber hinweg in die Küche schauen. In beiden Zimmern brannte Licht, aber es hielt sich niemand dort auf. Michl konnte weder die Frau noch ihren Besuch entdecken. Das Einzige, was er klar und deutlich erkennen konnte, war ein grauer Herrenhut, der verlassen auf dem runden Tisch lag, der die Mitte der Stube einnahm, und ein dunkles Sakko, das über einer

Stuhllehne hing. Eine ganze Weile geschah nichts, und er musste den Feldstecher mehrmals absetzen, weil ihm die Arme müde wurden vom Hochhalten.

Dann nahm er plötzlich eine Bewegung wahr. Sofort brachte er den Feldstecher wieder in Stellung und schwenkte seinen Blick ins Innere der Stube. Die Tür, die zur Diele führte, wurde geöffnet und ins Zimmer trat Yvonne. Michl schlug das Herz bis zum Hals, denn sie trug nur einen Morgenmantel. Sein Bild begann zu zittern, weil seine Hände es taten. Der Morgenmantel war etwas über die linke Schulter gerutscht, und Michl konnte klar und deutlich den schmalen weißen Träger eines Büstenhalters erkennen. Er war nun ganz aufgeregt. Hinter ihr betrat ein Mann die Stube, den er nicht kannte. Er trug eine Anzughose, ein weißes Hemd und darüber eine Krawatte. Die beiden setzten sich. Der Mann nahm auf dem Stuhl Platz, über dessen Lehne sein Sakko hing, Yvonne setzte sich ihm gegenüber. Dann sagte der Mann etwas. Yvonne nickte, stand auf und ging durch die Diele in die Küche. Sie nahm ein Glas, füllte es mit Wasser und verließ die Küche wieder.

Michl schwenkte mit dem Feldstecher zurück in die Stube. Er sah, wie der Mann sein Portemonnaie zückte und ein paar Geldscheine auf den Tisch legte und dann sein Portemonnaie wieder einsteckte. Yvonne kam mit dem Wasserglas zurück und reichte es dem Mann, der es zügig leerte, so als hätte er wirklich großen Durst. Dann fiel ihr Blick auf die Geldscheine. Sie nahm das Geld an sich und steckte es in eine der Taschen ihres Morgenmantels, dann beugte sie sich zu dem fremden

Mann auf dem Stuhl herunter und gab ihm einen Kuss auf die Stirn. Der erhob sich, zog sein Sakko an und nahm den Hut vom Tisch. Dann drückte er Yvonne kurz an sich und verließ den Anbau durch die Eingangstür, ohne dass Yvonne ihn dorthin begleitete.

Und während er in seinen NSU stieg, auf dem Hof wendete und davonfuhr, begab sich Yvonne erneut in die Küche, holte eine große Kaffeetasse aus einem der Hängeschränke, verstaute das gerollte Bündel Geldscheine darin und stellte die Tasse wieder zurück. Soweit Michl das erkennen konnte, befand sich noch mehr Geld in dieser Tasse. Dann ging in der Küche das Licht aus und kurz darauf auch in der Stube.

Michl Holzgärtner verließ seinen Posten. Endlich hatte er etwas gesehen. Er hatte Yvonne im Morgenmantel gesehen, sogar einen Träger ihres Büstenhalters. Das war ein Anfang. Damit konnte er bei den anderen Burschen in der Schule punkten. Vielleicht zahlten sie ihm ja auch ein paar Groschen, wenn er sie abends auch einmal in die Scheune ließ.

Ohne Garantie auf Erfolg natürlich.

Versteht sich.

3

Benedikt Marquardt hatte vor Fahrtantritt beide Seitenscheiben seines Käfers heruntergekurbelt und genoss jetzt die warme Nachmittagsluft, die von beiden Seiten der Landstraße ins Wageninnere wirbelte und den Geruch der Weizenfelder mit sich trug. Er befand sich auf dem Rückweg von Passau nach Seilersfeld, wo er zusammen mit seinem Vater in dessen Haus lebte. Der 37jährige gelernte Journalist arbeitete als Redakteur der Passauer Neuen Presse und besaß mit dem dunkelgrauen VW einen der wenigen privaten Autos in Seilersfeld.

Streng genommen war der Wagen auch nur halb privat, denn für seine Anschaffung hatte Benedikt einen Zuschuss vom Verlag bekommen. Im Gegenzug musste er sich verpflichten, mit ihm auch die Fahrten zu seinen Außenterminen wahrzunehmen. Normalerweise waren es zwei oder drei Termine, zu denen er im Verlauf einer Woche fuhr. Über sie verfasste er dann direkt vor Ort seine Artikel, die er bis spätestens 22 Uhr telefonisch diktieren musste, damit sie am nächsten Tag erscheinen konnten. Die übrige Zeit befasste er sich in seinem Passauer Büro mit den Alltäglichkeiten seines Ressorts. Dieses berichtete über alles, was in oder für Bayern gesellschaftlich von Bedeutung war. Intern wurde es von den Kollegen anderer Ressorts mit den Buchstaben »KT« abgekürzt.

Das ist nicht für uns. Darum kümmert sich KT.

Klatsch und Tratsch.

Benedikt versuchte immer wieder, sich nicht darüber

aufzuregen. In dieser förmlich und offiziell klingenden Abkürzung KT schwang natürlich jenes Maß an überlegener Herablassung mit, das es für Benedikt unmöglich machte, ihr mit Gelassenheit zu begegnen. Es reichte noch nicht einmal für Ignoranz. Er hatte diesbezüglich inzwischen das Stadium der Resignation erreicht. Und die speiste sich nicht nur aus dem Ärger darüber, dass das Ressort, in dem er seit Jahren war, von allen anderen Kollegen belächelt wurde, sondern eben auch aus der Tatsache, dass er immer noch in diesem Ressort arbeitete und seit Jahren keinen Schritt weitergekommen war. Er hatte sich schon oft um frei gewordene Stellen in anderen Abteilungen bemüht, war aber jedes Mal übergangen worden.

Nicht, weil er ein schlechter Journalist wäre, im Gegenteil! Er besaß genau jene Kombination an Fähigkeiten, die einen guten Journalisten auszeichnete. Seine Recherchen waren umfassend. Darüber hinaus hatte er diese besondere Spürnase oder den nötigen Charme, um den Beteiligten eines Sachverhaltes jene Nuancen, Details oder verborgenen Zusammenhänge zu entlocken, die eine Geschichte in ein neues Licht rücken konnten. Und außerdem besaß er das Talent, in einem packenden und pointierten Stil darüber zu schreiben, so dass seine Artikel nicht zuletzt auch einen besonderen, manchmal sogar spannenden Lesegenuss boten.

Auch war es nicht so, dass er eben wegen dieser Fähigkeiten für das Gesellschaftsressort als unentbehrlich eingestuft wurde, um einen Wechsel zu verhindern. Denn ein Mann mit seinen Fähigkeiten wäre tatsächlich in einer bedeutenderen Redaktion, wie beispielsweise die für Politik, in die er sich wünschte, viel besser aufgehoben gewesen. Und ausgerechnet in der Politikredaktion war die zuletzt frei gewordene Stelle durch einen Jüngling besetzt worden, der frisch von der Journalistenschule kam und noch über keinerlei praktische Erfahrung verfügte. Das war ein Affront und zeigte deutlich, dass es nicht um seine Befähigung ging, sondern dass Benedikt Marquardt absichtlich und konsequent übergangen werden sollte.

Die Gründe dafür schienen in seinem Auftreten beziehungsweise in seinem Erscheinungsbild zu liegen. Während er nach außen, also gegenüber den Vertretern jener Gesellschaft, über die er berichten sollte, galant, charmant und zuvorkommend auftrat, ihnen das Gefühl vermittelte, mit ihnen verbündet zu sein, konnte er diesen Wesenszug nach innen, gegenüber seinen Kollegen, nicht zeigen. Aber das war das Resultat einer Beziehung, die sich wechselseitig befruchtete, denn seine Kollegen (nicht nur die aus anderen Ressorts, sondern auch jene aus dem eigenen) konnten ihm nie unbefangen begegnen.

Seine Art, eine Konversation entweder einsilbig zu gestalten, wenn sie unbedeutend war, oder sie in einen argumentativen Florettkampf zu verwandeln, wenn es darum ging, bestimmte Resultate zu erzielen oder zu verhindern, war das, was aufstieß. Sie führte regelmäßig dazu, dass jene Führungskräfte, die über seine Bewerbung in ein anderes Ressort zu entscheiden hatten, den kollektiven Unmut und Widerstand der Kollegen zu spüren bekamen, in deren Ressort Benedikt zu wechseln wünschte.

Verstärkt wurde das eisige Verhältnis zu ihm durch die peinliche, ja fast hilflose Befangenheit, die die meisten angesichts seiner Behinderung empfanden.

Benedikts linker Arm war kürzer als sein rechter. Auch seine linke Schulter war schmaler als die rechte, und so schien seine ganze Körperhaltung asymmetrisch und krumm. Wer ihm begegnete, hatte den rational nicht begründeten Eindruck, einem Menschen gegenüberzustehen, der falsch und verschlagen war. Das war natürlich Unsinn, denn weder ließ eine körperliche Behinderung oder die durch sie erzwungene Körperhaltung Rückschlüsse auf den Charakter eines Menschen zu, noch hätte es im Fall von Benedikt Marquardt gestimmt.

Tatsächlich war er loyal, solidarisch, mitfühlend und ehrlich. Bisweilen sogar zu ehrlich für so manchen Geschmack, wenn es um verbale Duelle ging. Die Tatsache, dass er diese Behinderung mit Wilhelm II., dem letzten deutschen Kaiser, gemein hatte, brachte ihm auch keine verständnisvolle Akzeptanz ein, sondern nur die vielen Spitznamen, mit denen er schon in der Schule und auch jetzt im Kollegenkreis gerufen wurde. Man nannte ihn *Willi*. Sowohl zu Hause in Seilersfeld als auch in der Redaktion Sprach man dagegen in seiner Abwesenheit über ihn, war er der *Kaiser*. Wer ihm einen Seitenhieb mitgeben wollte, begrüßte ihn mit »Grüß Gott, Hoheit«, und wenn er den Artikel eines Mitarbeiters korrigieren musste, wusste *Seine Majestät* es mal wieder besser.

Es war Freitag, und ihm stand ausnahmsweise einmal ein freies Wochenende bevor. Oft musste er auch an

Samstagen und Sonntagen zu Terminen fahren, da viele gesellschaftliche Ereignisse, über die er berichten musste, an Wochenenden stattfanden. Der Grünschnabel, den man an seiner statt ins Politikressort gesteckt hatte, musste am nächsten Tag für eine ganze Woche nach Berlin fliegen. Aber es war keine Schadenfreude, die Benedikt empfand, sondern Neid.

Der Frischling wurde dem Korrespondenten in Berlin für eine Woche als Assistent zugeteilt für den anstehenden Besuch Kennedys in der Stadt. Er würde Kennedy sehen und den Alten und Willy Brandt. Das wäre ein Termin gewesen, mit dem Benedikt sich hätte für weitere Aufgaben auszeichnen können.

Stattdessen sollte er am Montag nach Nürnberg und dort über den ersten Prozesstag gegen den Nürnberger Baudezernenten berichten, der sich hatte bestechen lassen. Am Dienstag dann fand in Ingolstadt eine öffentliche Gedenkfeier für die sieben Kinder statt, die vor genau einem halben Jahr in ihrem Kindergarten von einem Amokschützen erschossen worden waren. Immerhin würde der bayerische Ministerpräsident Alfons Goppel an dieser Feier teilnehmen, und mit dem war am Rande auch ein Interviewtermin vereinbart worden. Goppel solle darin zu der Frage Stellung beziehen, wie man derartige Amokläufe zukünftig zu verhindern gedenke. Benedikt wusste natürlich, dass man solche Taten kaum bis überhaupt nicht wird verhindern können, sollte es sich bei den Tätern um vereinzelte Irre handeln, die bis zu ihrem Kurzschluss als ganz normale und allseits respektierte Mitbürger gelebt hatten.

Aber ein Interview mit dem bayerischen Ministerpräsidenten, das war immerhin etwas. Da könnte er vielleicht etwas mehr rausholen, als einfach nur die zu erwartende Standardantwort, man müsse zur Abschreckung die Strafen erhöhen.

Der Amokschütze von Ingolstadt war noch während der Tat von der eintreffenden Polizei erschossen worden. Was nutzten höhere Strafandrohungen, wenn das Erschossenwerden ohnehin die zweithäufigste Todesursache unter Amokläufern ist, direkt hinter dem sich selbst Erschießen. Abgesehen davon war für Amokläufe sowieso eine lebenslange Haftstrafe vorgesehen. Benedikt freute sich auf dieses Interview.

Am Freitag dann musste er nicht so weit fahren. Da würde er in Landshut eine Rinderschau besuchen. Das lag ihm eigentlich überhaupt nicht und war sicher langweilig, aber diese Kröte hatte er als Beigabe zum Goppel-Interview schlucken müssen.

Der goldene Kuppelturm der Kirche war das Erste, was sich in sein Blickfeld erhob, als die Landstraße ihn über die letzten Hügel an das Südende des Dorfes führte. Kurz danach passierte er die ersten Häuser, die meist zweistöckig mit gelb gestrichener Fassade hinter ihren akkuraten Gartenzäunen die Straße säumten.

Einzelne Bäume, deren Stämme durch die fein säuberlich um sie herum verlegten Kopfsteinpflaster stießen, warfen ein Mosaik aus schattigen Flecken auf den ansonsten hellen und von der Junisonne aufgewärmten Boden. In einer Seitengasse trieben ein paar Burschen kleine Holzräder mit Stöcken vor sich her, und vor dem alten Dorfbrunnen hüpften Mädchen mit bunten Kleidchen und langen Zöpfen Seil. Ein graubrauner Mischlingshund döste auf den Treppenstufen vor einer halb geöffneten Haustür.

Benedikt steuerte seinen Käfer langsam durch sein Heimatdorf, das sich den Bauch vollgeschlagen zu haben schien mit einer warmen und sättigenden Friedlichkeit. Er parkte vor dem Geschäft von Peter und Hilde Kranz und stieg aus. Bevor er nach Hause fuhr, wollte er noch schnell Zigaretten und eine neue Packung Salz kaufen, weil beides zur Neige ging. Er öffnete die Ladentür, deren Oberkante ein kleines Glöckchen streifte.

Bing-li-Bing.

Ihn empfing der Duft frisch gemahlenen Kaffees, von Minze, Petersilie und Bohnerwachs. Das Ganze wurde durchsetzt von einem Schwall unterschiedlicher Fruchttöne, die jedoch nicht von den in Körben gelagerten Orangen, Bananen oder Zitronen ausgingen, sondern von den drei Frauen, die sich vor dem Ladentresen aufgeregt unterhielten.

»Man kann ja überhaupt seine Kinder nicht mehr hinschicken, um Eier oder Milch zu holen, wenn das wahr ist«, empörte sich Edith Wagner.

»Das geht auf keinen Fall so. Wir müssen mit dem Gustl reden. Der muss die wieder rausschmeißen«, ergänzte Irene Bachleitner, die die ganze Zeit nervös an ihrem geblümten Kleid zubbelte.

»Und wenn er's nicht tut«, wandte sich Edith nun an die hinter der Theke stehende Hilde Kranz, »dann holt

Dein Peter Eier und Milch vom Stoiderhof, und dann kaufen wir sie nur noch bei Euch.«

»Ich habe schon mit dem Bürgermeister gesprochen«, meldete sich nun auch Mechthild Hofreiter zu Wort, die bekannt dafür war, Dinge anzupacken, die angepackt werden mussten.

»Und?«

»Ja nichts und! Habe gesagt, dass wir so eine hier nicht wollen. Ob es keine Vorschrift gibt, mit der man sie aus Seilersfeld wieder hinauskomplimentieren könnte. Sittenwidrigkeit oder so etwas. Er aber sagte, sie hat sich bei der Kreisverwaltung ordnungsgemäß angemeldet und auch einen anständigen Mietvertrag mit dem Holzgärtner vorgelegt, und solange sie sich nichts Nachweisbares zu Schulden kommen lässt; sie wäre immerhin eine Deutsche, und sie könnten ihr nicht vorschreiben, wo sie sich niederlässt oder es ihr verbieten. Ich habe gesagt: ...aber die Kinder! Und er meinte, er verstehe, was ich meine ...«

»Aber ...?«

»Aber er könnte nichts machen.«

Hilde schlug verärgert mit der Faust auf ihren Tresen.

»Aber das ist ein Schmarrn«, fuhr Mechthild weiter fort. »Ich habe dann mit meinem Schwager in München telefoniert. Der ist Anwalt und meint, man kann durchaus was machen. Der Sepp (Josef »Sepp« Hirschlsberger war der Bürgermeister des Ortes), könnte ganz Seilersfeld zum Sperrgebiet erklären oder wie man das nennt. Das darf der, das ist geltendes Recht, sagt mein Schwager. Und dann kann man sie auch rausschmeißen. Und bestrafen könnte man sie auch, weil sie es in einem Haus tut, in dem selber Kinder wohnen, nämlich ihres. Und dann nähmen sie's ihr auch weg. Aber das Einfachste wäre, sagt mein Schwager, mit dem Gustl zu reden. Ihm erklären, dass er als Vermieter wegen Kuppelei drankommt, und das kostet mindestens einen Monat Zuchthaus und eine Geldstrafe, und sogar die Ehrenrechte als Deutscher verliert er. Das könnten wir ihm ja mal stecken, und dann soll er's von sich aus wieder rausschmeißen, das Flittchen.«

Benedikt hatte sich während dieser Unterhaltung an der Seite gehalten und unbeteiligt durch ein paar Illustrierte geblättert, die in einem dafür vorgesehenen Ständer auslagen. Auch hatte die Damenclique bisher keine Notiz von ihm genommen. Er hatte zuvor schon von der neuen Frau gehört, die in den Holzgärtneranbau eingezogen sein soll. Gesehen hatte er sie noch nicht, weil er meist die ganze Woche für die Zeitung unterwegs war und sich auch sonst kaum am gesellschaftlichen Dorfleben beteiligte, sah man einmal von den Schafkopfabenden mit Peter Kranz und Hubert Förster sowie den unvermeidlichen Festen ab.

Fesch soll sie sein.

Sehr fesch.

Was er aber gerade mit angehört hatte, gefiel ihm ganz und gar nicht. Er hatte in der Vergangenheit mehr als einmal von ähnlichen Dörfern berichten müssen, deren Bewohner sich selbst in eine gemeinschaftliche Katastrophe ritten, weil sie in ihrer Hilflosigkeit nicht mehr davor zurückgeschreckt waren, sich gegenseitig mit Intrigen, Verdächtigungen und Drohungen zu überziehen, um so einer angeblich dem Gemeindewohl dienenden Maßnahme zuzustimmen. Sei es, wie hier, die Ausgrenzung einer missliebigen Person, sei es der Ausbau einer Umgehungsstraße durch das Grundstück eines Einwohners oder sei es der Abriss eines alten Wohnhauses, das einige als Schandfleck des Dorfes bezeichneten.

Hier nun hatte die agile Mechthild Hofreiter den anderen die Möglichkeit offeriert, den bisher allseits geschätzten Holzgärtner Gustl zu instrumentalisieren für ihren Wunsch, die neue Einwohnerin wieder zu verjagen, indem sie ihn mit einer Anzeige wegen Kuppelei, Zuchthaus und dem Entzug der Ehrenrechte bedrohten. Das war genau jener Anfang vom Ende, den Benedikt auch anderenorts im Nachhinein hatte recherchieren können, wenn er hier und da über den Zerfall eines bis dahin funktionierenden und harmonischen Gemeinwesens berichtet hatte.

Irgendeine kleine Quelle ist zu einem Rinnsal geworden, das stetig breiter wurde, sich zu einem Bach weitete, mehr und mehr Geschwindigkeit aufnahm, dabei Sand und Geröll mit sich riss, welches tiefe Furchen in bisher festen Grund und Boden zog, bis die schäumende Gischt aus Neid und Missgunst, aus Wagenburgmentalität und gesellschaftlicher Abtreibung auf einem reißenden Strom tanzte, der nicht mehr aufzuhalten war, und dessen gewaltige Massen auf Seilersfeld niederstürzen und alles an Solidarität und Urvertrauen für die Zeitspanne einer kompletten Generation hinwegschwemmen sollte. Was übrig bliebe, wären nur die hohlen, äußeren Fassaden des

Respektes und gegenseitigen Vertrauens. Man würde sich vielleicht bemühen, ihnen wenigstens immer wieder einen neuen Anstrich zu verpassen, allerdings vergeblich.

Benedikt wollte sich gerade zu den Frauen umdrehen und etwas sagen, als ein helles Bing-li-Bing die Situation veränderte. Der Gegenstand des Gespräches höchst selbst betrat den Verkaufsraum. Yvonne Schmidt trug ein langes laubbraunes Kleid, welches durch einen breiten, beigefarbenen Ledergürtel zusätzlich tailliert wurde. Im Gegensatz zu den warmen Außentemperaturen war es im Laden angenehm kühl.

Jetzt wurde es beklemmend kalt.

Wo eben noch ein lautes und aufgeregtes Gezeter geherrscht hatte, war es plötzlich mucksmäuschenstill. Als hätte sich mitten im Juni eine dicke Schneedecke herabgesenkt und alles quirlige Leben mit einem Mal in einen dämpfenden Mantel der allgemeinen Lähmung und Stille gehüllt.

»Guten Tag zusammen«, sagte Yvonne etwas schüchtern, denn ihr war die eingetretene Stille nicht entgangen. Ihre Stimme hatte eine klare und helle Melodie. Benedikt Marquardt verstand sofort, warum die Mechthilds und Hildes des Dorfes diesen Spiegel ihrer eigenen Unzulänglichkeiten und ihres Ausderformgeratenseins in tausend Scherben zu zerbrechen trachteten.

Mit hörbar feindseliger Stimme brach Hilde Kranz das allgemeine Schweigen.

»Bitte?«

»Bin ich denn schon dran?«, fragte die melodische

Stimme zurück.

»Ja, Sie sind dran!«, kam es prompt zurück.

Yvonne machte ein paar zaghafte Schritte durch die drei anderen Kundinnen hindurch und trat vor den Verkaufstresen, hinter dem die Besitzerin mit vor der Brust verschränkten Armen, gekniffenen Augen und vorgeschobener Unterlippe der Bestellung entgegen sah. Sie lautete auf ein Pfund gemahlenen Kaffees, einer Packung Eiernudeln und zwei Flaschen Orangenlimonade.

»Kaffee, Nudeln und Limo sind aus«, lautete die Antwort. Die junge Frau in dem laubbraunen Kleid schien die Bedeutung dieser Antwort nicht sofort erfasst zu haben, denn sie zeigte auf die Kaffeepackungen, die für jedermann sichtbar hinter dem Rücken der Kranz in den Regalfächern standen.

»Aber ...«

»Die sind alle vorbestellt.«

Yvonne Schmidt sah der Verkäuferin fassungslos ins Gesicht. Ihr Blick verriet eine Mischung aus überraschter, ja fast belustigter Ungläubigkeit und dem verzweifelten Versuch ihres Verstandes, sich etwas erklären zu wollen, was von ihm nur begriffen werden konnte, wenn er die Gegenstände *Kaffee*, *Nudeln* und *Limo* in Hildes Aussage ignorierte. Danach erst nahm ihr Gesicht den Ausdruck des Verstandenhabens an. Yvonne drehte sich langsam um ihre eigene Achse und sah den drei anderen Frauen, einer nach der anderen, in die Augen und erntete bei jeder offene Ablehnung. Dann machte sie wortlos auf ihrem Absatz kehrt und verließ unter der akustischen Begleitung eines hellen Bing-li-Bings den Laden.

»Was war denn das?«, ließ sich nun Benedikt vernehmen und schob sich an Edith, Mechthild und Irene vorbei an den Tresen.

»Die soll sich zum Teufel scheren. Bei mir jedenfalls kriegt sie nichts mehr«, sagte Hilde Kranz kühl und bestimmt.

»Warum? Was hat sie getan?«

»Na hör mal, Willi, was soll denn aus unserem schönen Dorf werden, wenn hier eine Nutte wohnt und ihre Freier empfängt?«

»Wieso Nutte?«

Und dann unterbreitete Hilde Kranz ihm all die Fakten, die sie schon beim Frisieren in Birgit Försters Küche präsentiert hatte und mit denen sie bisher jeden überzeugen konnte, dass diese Yvonne Schmidt eine Prostituierte sei. Benedikt hatte sich alles ganz ruhig angehört. Dann drehte er sich zu den drei anderen um, während er mit seinem ausgestreckten gesunden Arm auf Hilde deutete.

»*Das* ist ein Schmarrn, meine Damen. Das sagt überhaupt nichts. Bevor ihr dem alten Gustl die Ehre abschneidet oder sonst etwas in dieser Richtung tut, braucht ihr einen unwiderlegbaren Beweis, dass Frau Schmidt eine Professionelle ist. Und *das* ...«, er wedelte empört mit seinem Zeigefinger unter Hildes Doppelkinn, »... ist keiner! Voreilige Hirngespinste.«

»Wir werden schon einen Beweis finden, verlass Dich drauf«, giftete ihn Mechthild an, und da wurde ihm klar, dass aus dem ursprünglichen Wunsch, keine Hure im

Dorf zu haben, nun der Eifer entstanden war, mit Yvonne Schmidt auf Teufel komm raus unbedingt eine haben zu wollen. Er drehte sich wieder zum Tresen um und wandte sich an Hilde Kranz.

»Ich hätte gerne eine Packung Lucky Strikes, Salz, ein Pfund gemahlenen Kaffee, eine Packung Eiernudeln und zwei Flaschen Orangenlimonade.«

Zuerst drehte sich die Verkäuferin in argloser Gewohnheit zu dem Regal hinter ihr um und griff nach den Zigaretten, als sie plötzlich innehielt. Dann fuhr sie, wie von einer Tarantel gestochen, herum, stützte sich mit fest zusammengeballten Fäusten auf ihre Theke und fixierte den Mann vor ihr mit einem hasserfüllten Blick. Sie suchte nach Worten, aber die Lippen ihres offenstehenden Mundes zitterten nur.

»Ich hätte gerne eine Packung Lucky Strikes, Salz, ein Pfund gemahlenen Kaffee, eine Packung Eiernudeln und zwei Flaschen Orangenlimonade«, wiederholte er und sah ihr selbstbewusst in die Augen, ohne mit der Wimper zu zucken.

»Oder wird ein angesehener Redakteur der Passauer Neuen Presse, der bisher noch nie über sein Heimatdorf oder über bestimmte Familien, die dort wohnen, berichtet hat, hier auch nicht mehr bedient?«

4

Wer Yvonne das erste Mal sah und sie nicht kannte, würde sie jenen modernen Frauen zuordnen, die nicht auf den Mund gefallen sind. Erste gelegentliche Vorboten einer revolutionären Zeit, die da noch kommen sollte.

Doch das Gegenteil war der Fall.

Sie hatte Zeit ihres Lebens das Gefühl, ein Spielball desselben zu sein, von einer Laune der Natur ohne eigenes Zutun hineingeworfen und umher geschubst zu werden, ohne dass ihr selbst das Recht oder auch nur der Wille zugestanden worden war, es in irgendeiner Weise zu beeinflussen.

Und sie war am Ende ihrer Kräfte.

Die Reserven, wenn sie überhaupt einmal über nennenswerte verfügt hatte, waren verbraucht. Sie war als jüngstes von fünf Kindern aufgewachsen und hatte dazu das Pech, ein Mädchen zu sein. Eigentlich hätte das ein Vorteil sein können, wäre ihr Vater einer gewesen, der streng mit seinen Jungs war, seine kleine Tochter jedoch nachsichtig hofierte. Aber dem war nicht so. In ihrer Familie war es eher umgekehrt. Sie konnte ihm nichts recht machen. Darüber hinaus wurden auch sonnige und verspielte Tage stets von einem Schatten verdunkelt, der von dem allgemeinen Wissen auf Mutter und Kinder geworfen wurde, dass dem Tag der Abend und damit Vaters Heimkehr aus der Fabrik oder - schlimmer noch - aus der Kneipe folgen würde.

Was der Abend dann brachte, hing nicht mehr vom Geschmack des Abendessens, vom Aufgeräumtsein der beiden Kinderzimmer oder von der Blumensorte ab, die in einer Vase den Tisch in der Stube schmückte, sondern nur von seiner Laune, die er aus der Fabrik mitgebracht oder von der Zahl der Schnäpse, die er in der Kneipe getrunken hatte.

Die schönste Zeit ihres Lebens war die Zeit, in der sie noch zur Schule ging. Im Gegensatz zu den meisten Schülern gingen sie und ihre Brüder gerne in die Schule, denn es war jene Zeit des Tages, in der sie nicht zu Hause sein mussten. Zu Hause regierte die Mutter in Abwesenheit ihres Mannes mit vergleichbarer Strenge und Gewalt. Entweder war sie mit fünf Kindern und einem auch sie schlagenden Ehemann völlig überfordert, oder sie kompensierte ihre demütige Unterlegenheit mit einer eigenen tyrannischen Macht, die sie wiederum über die Kinder zu haben glaubte.

Auf jeden Fall brachten die Geschwister, weil sie sich in der Schule wohlfühlten, überdurchschnittlich gute Noten mit nach Hause. Ihre Noten waren viel besser, als es die des Vaters jemals gewesen waren, und im Gegensatz zu ihm haben alle das Abitur machen können. Bis auf Yvonne.

Während der Vater seine Söhne ins Abitur zu prügeln drohte, wenn sie nicht wollten, setzte es für Yvonne welche, als sie nur den Wunsch äußerte, das Abitur machen zu dürfen. Wer sie denn glaube, wer sie sei, hieß es. Wer ihr denn solche Flausen in den Kopf gesetzt habe? Es reiche, wenn ihm die Jungs noch ein paar Jahre auf der Tasche lägen, aber aus denen könne was werden. Sie lerne gefälligst einen anständigen hauswirtschaftlichen Beruf oder etwas Ähnliches, was sich für eine Frau gehört.

Und dann, nach ihrer Ausbildung, führte er sie stattdessen vor den Traualtar, wo er sie seinem Kollegen Horst Schmidt aus der Fabrik übergab.

Mit den Worten: »Jetzt gehört sie dir.«

Horst war zwölf Jahre älter als sie. Sie lernten sich kennen, als ihr Vater ihn zusammen mit anderen seiner Kollegen eines Abends mit nach Hause brachte, damit sie sich gemeinsam, mit einer Kiste Bier bewaffnet, das Endspiel der deutschen Fußballmeisterschaft im Radio anhören konnten. Horst war nett. Immer wieder löste er sich von seinen Kollegen und der Übertragung, um unter irgendeinem Vorwand in die Küche zu kommen, in der sie sich aufhielt. Sie machte den Männern Schnittchen oder Käsehäppchen, stellte leere Bierflaschen in die gekaufte Kiste oder volle in den Kühlschrank. Er schäkerte mit ihr, machte ihr Komplimente und beeindruckte sie in vielerlei Hinsicht. Nicht nur, dass er sich mehr für sie als für seine Freunde oder das Fußballspiel zu interessieren schien, er ging ihr manchmal sogar bei den Schnittchen geschickt zur Hand. Er umgarnte sie mit einem Charme, der sich durch eine verführerische Leichtigkeit und Natürlichkeit auszeichnete, und er sah auch noch verdammt gut aus.

Horst war groß und kräftig, sein schwarzes Haar trug er verwegen geradlinig zurückgekämmt, und es hatte einen edlen, matten Glanz von der Pomade, mit der er es bändigte. Zusammen mit dem gepflegten Schnurrbart, der aus zwei getrennten dünnen Strichen bestand, erinnerte er sie an den frühen Errol Flynn. Was sie jedoch mehr als alles andere magisch anzog, waren seine Augen, in denen ein Feuer brannte, in welchem sie ihre eigene Lebenssehnsucht gespiegelt sah, die Verheißung von Leidenschaft und Abenteuer, das Versprechen auf ein eigenes Leben und vor allem die Aussicht auf Flucht. Raus aus der beengten und angstbesetzten Abstellkammer, die ihre Eltern aus ihrem bisherigen Leben gemacht hatten.

Ihre Mutter hatte sich lange gegen die Beziehung mit Horst gestellt, weil Yvonnes Auszug sie allein mit ihrem Mann zurückließ. Aber sie tat Yvonne nicht im Geringsten leid. Dafür hatte sie ihr zu oft die Solidarität, den Schutz und die Nestwärme verweigert, die Yvonne gebraucht hätte. Ihr Vater dagegen schien sie tatsächlich loswerden zu wollen, denn er trieb die Beziehung mit Horst voran. Und selbst wenn er es nur deswegen tat, um sie aus dem Haus zu kriegen, war es das erste und einzige Mal, dass Yvonne ihm so etwas wie Dankbarkeit entgegen brachte, als er Horsts Antrag um ihre Hand zustimmte und das zaghafte »Aber« seiner Frau mit einem lauten Machtwort im Keim erstickte.

Horst führte sie nun immer wieder aus zu Tanzveranstaltungen oder ins Kino, und sie genoss einerseits die neu gewonnene Freiheit und andererseits seinen Stolz, den der zwölf Jahre ältere augenscheinlich empfand, wenn er sich mit ihr irgendwo blicken ließ.

Natürlich durfte sie vor der Hochzeit noch nicht bei ihm übernachten, das wäre trotz der väterlichen Begeisterung für diese Beziehung undenkbar gewesen, aber sie fanden auch so ihre Nischen, wenn sie zusammen waren. Sie heirateten, als Yvonne 21 wurde, und damit verbunden war auch der ersehnte Umzug in seine

Wohnung. Was dann aber folgte, hatte ihr endgültig die Kraft, den Behauptungswillen und das Selbstbewusstsein genommen, die sie allesamt vorhin gegenüber Hilde Kranz gebraucht hätte. Der ganze Charme, die Leichtigkeit, das zuvorkommende Wesen und die humorige Freundlichkeit, die Horst bis dahin an den Tag gelegt hatte (und es in Gesellschaft anderer weiterhin tat), waren mit einem Mal wie weggeblasen, sobald sie geheiratet hatten und Yvonne zu ihm gezogen war. Die Flamme in seinen Augen, die ihr so verheißungsvoll Leidenschaft und Lebensfreude versprochen hatte, entpuppte sich als das nervöse Flackern einer unsicheren Seele, die sich hinter Herrschsucht, Jähzorn und Eifersucht versteckte.

Lebte Yvonne bisher in einer Abstellkammer, so erschöpfte sich ihr neues Dasein in der Enge eines Verschlages, aus dem sie nur zur Arbeit entlassen wurde. Sie wusste nicht, wie er es anstellte, aber er schlich sich gelegentlich schon nachmittags aus der Fabrik und wartete schon um vier Uhr zu Hause auf sie, um zu kontrollieren, ob sie pünktlich, das heißt direkt und ohne Umwege, von der Arbeit nach Hause kam.

Zwei Jahre später kam Paul zur Welt, und sie legte eine dreijährige Pause ein, in der sie das Haus ohne Horst quasi überhaupt nicht mehr verlassen konnte. Erst als Paul in den Kindergarten kam, durfte sie ihre Arbeit wieder aufnehmen. Als sie einmal krank war und nicht zur Arbeit gehen konnte, war eine besorgte Kollegin gekommen, um nach ihr zu sehen. Und obwohl Yvonne sichtlich immer nervöser wurde, schaffte sie es nicht, ihre

Kollegin rechtzeitig zum Gehen zu bewegen, bevor Horst um kurz nach Sechs nach Hause kam.

Solange die ihm fremde Frau anwesend war, verhielt er sich charmant und freundlich wie immer. Aber nachdem sie gegangen war, setzte es Schläge.

Und zwischen jedem Schlag das sinnlose Verhör.

Was hast Du ihr erzählt?

Hast Du mich als Arschloch hingestellt?

Hast Du ihr Dein Leid geklagt?

Paff!

Oder war sie als Botin für einen anderen Kerl hier?

Paff!

Wie heißt er?

Wer ist es?

Wen hast Du kennengelernt?

Paff - Paff!

Während man einen Regenschauer oder den jährlichen Winter als etwas Unabänderliches einfach in dem Bewusstsein hinzunehmen gewohnt war, dass er auch wieder vorbei ging, nahm Yvonne das Leben, in das sie hineingeworfen worden war, als etwas ebenso Unabänderliches hin, nur dass sie es in der hoffnungslosen Erwartung tat, dass es nicht vorbei ging.

Sie richtete es aber möglichst bei allen Gelegenheiten so ein, Horst keinerlei Anlass für seine Eifersuchtsattacken zu geben. Und das gelang ihr im Verlauf der Ehe auch immer besser.

Bis auf eine einzige Ausnahme.

Bis auf diese, wenn auch kurze, Affäre mit ihrem Chef,

auf die sie sich in ihrer Sehnsucht nach Liebe und Zuwendung, nach Verständnis und Geborgenheit eingelassen hatte. Von dieser Affäre hatte Horst zwar weder während ihres kurzen Bestehens noch später jemals etwas geahnt. Trotzdem war sie der Grund für die ganze Katastrophe, die sich erst Jahre später ereignen sollte und wegen der sie jetzt in diesem Kuhdorf gestrandet war, wie in der Sackgasse eines weiß Gott wie entstandenen Feldweges, der plötzlich und unvermittelt im sinnlosen Nichts wilder Brennnesseln endete. Über Yvonne prasselte ab dann ein wochen- und monatelanger Hagelsturm von Anfeindungen ein. Von Nachbarn, von Fremden, sogar von den wenigen Freunden, die Horst und sie hatten, aber auch von ihren ehemaligen Arbeitskolleginnen, den sie nicht länger ertragen konnte.

Die Ausgrenzung und gesellschaftliche Isolation, die sie hat erleben müssen, waren ebenso komplett und vollkommen, wie das Gefühl der eigenen Schuld, die sie sich mit dieser Affäre aufgeladen hatte. All das sollte ihr zu Recht geschehen. Sie hatte es heraufbeschworen, und sie konnte es sich selbst nicht verzeihen.

Wie sollten es all die anderen können?

Diese Schuld würden ihre ohnehin schmalen Schultern unmöglich lange tragen können. Sie verbarrikadierte sich über Wochen in der Wohnung, in der sie zuletzt auch nicht mehr von den Geräuschen aufgeschreckt wurde, die die Luftballons machten, wenn sie, mit roter Farbe gefüllt, an ihren Fensterscheiben zerplatzten. Und sie hätte ihrem verpfuschten Leben zweifelsohne ein Ende gesetzt, wenn es Paul nicht gegeben hätte und wenn ihr ältester Bruder nicht gewesen wäre.

Der hat sie da herausgeholt.

Er kam und entzündete tief in dem modrigen Sumpf aus Schuld, Verzweiflung und Resignation ein kleines Fünkchen Hoffnung, als er ihr berichtete, dass die Schwester seiner Frau mit einem Mann verheiratet sei, dessen Schwester wiederum einen Bauernhof irgendwo im tiefsten Niederbayern besäße. Er sei in einem kleinen Dorf, so weit weg von allem, dass sie dort mit Sicherheit niemand kennen würde, und auf diesem Bauernhof gäbe es einen Anbau mit einer voll eingerichteten Wohnung, die seit langem leerstehe.

Dort könne sie neu anfangen. Inkognito.

Sie hatte gerade vorsichtig damit begonnen, sich einigermaßen wohlzufühlen, insbesondere da sie durch Wilma und Gustl Holzgärtner zum ersten Mal seit einer gefühlten Ewigkeit Freundlichkeit erfuhr und das Gefühl vermittelt bekam, willkommen zu sein. Die Bauern und ihr Sohn Michl, aber auch die beiden Knechte, hatten Paul fürsorglich an die Hand genommen und ihm den Hof gezeigt. Sie hatten ihm beigebracht, wie er die Hühner füttern oder ihnen morgens die Eier wegnehmen konnte. Sie hatten ihm die Pferde, die Schweine und die Kühe gezeigt oder wie man sich in der Scheune aus Heu eine Burg bauen und darin spielen konnte. Seit sie hier angekommen waren, konnte sie Paul aufblühen sehen. Aus dem ehemals zutiefst eingeschüchterten Jungen war ein fröhlicher geworden. Yvonne hoffte, dass ihm das helfen würde, das Trauma der Vergangenheit zu vergessen. Die Wand aus Ablehnung aber, vor die sie eben im Dorfladen gestoßen war, hatte einen Kloß aus Trauer, aus Erinnerung und stiller Verzweiflung nach oben in ihren Schlund geschoben, an dem nicht nur kein einziger Ton vorbei schlüpfen konnte, sondern der sie zudem gezwungen hatte, sofort das Weite zu suchen, wollte sie nicht vor den Dorffrauen heulend zusammenbrechen. Dann war sie strammen Schrittes bis zum Dorfrand marschiert. Jetzt aber begannen ihre Beine, ihr den Dienst zu versagen, und sie torkelte schwach auf ihren Absätzen bis zu einer Bank, die vor der Marienstatue am Dorfrand stand. Sie setzte sich und verfiel in ein tränenloses, trockenes Weinen, das nur aus einem reflexartigen Glucksen im Rachen bestand.

Sie verstand es nicht.

Es konnte doch unmöglich wieder von vorne anfangen. Das trieb sie in ein dunkles Tal vollständiger Einsamkeit, von Gott und den Menschen verlassen.

Aufgegeben. Unwert weggeworfen.

Ein dunkelgrauer VW Käfer brauste an ihr vorbei und bremste nach hundert Metern ab. Dann setzte er ein Stück zurück und hielt am Straßenrand an. Yvonne zog die Nase hoch und richtete sich auf. Ein Mann, den sie nicht kannte, der ihr aber irgendwie bekannt vorkam, stieg aus. Dann erinnerte sie sich. Sie glaubte, ihn im Laden gesehen zu haben. Bei den Illustrierten. Er war dort gewesen, zusammen mit den anderen.

Der Mann blieb einen Moment neben seinem Käfer stehen und sah zu ihr herüber. Irgendwie stand er schief, so schien es ihr. Die Ursache dafür konnte sie so schnell nicht ausmachen, aber er machte nicht den Eindruck eines aufrechten, geradlinigen Menschen. Dann setzte er sich in Bewegung und nahm neben ihr auf der Bank Platz.

»Ich bin Benedikt, Benedikt Marquardt. Ich war vorhin auch im Laden, als Sie hereinkamen. Erinnern Sie sich?«

Yvonne schaute nach unten auf den Gehweg und nickte schüchtern.

»Ob Sie es nun glauben oder nicht, aber ich fand es nicht richtig, wie man Sie behandelt hat«, fuhr er fort.

»Ich habe mir daher erlaubt, ein Pfund Kaffee, Eiernudeln und zwei Flaschen Orangenlimonade für Sie zu kaufen.«

Yvonne richtete sich wieder auf, drehte sich zu ihm und sah ihm in die Augen. Jetzt war er es, der dem Blick dieser unglaublich schönen und verzweifelten Frau nicht standhalten konnte, und er nickte mit seinem Kopf zum Wagen.

»Die Sachen sind im Auto, und wenn Sie einverstanden sind, fahre ich Sie, den Kaffee, die Nudeln und die Limo zum Hof.«

5

Yvonne nahm das inzwischen kochende Wasser vom Herd und ließ es durch den gefüllten Kaffeefilter fließen. Dann ging sie mit der Kanne voller Kaffee zurück in die Stube. Die Luft füllte sich mit seinem Duft. Benedikt saß am Tisch und schaute sich im Zimmer um. Er fand kaum persönliche Sachen seiner Gastgeberin. Das gute Sonntagsservice hinter den Glastüren des Buffets war ebenso aus dem Nachlass der alten Holzgärtners übrig geblieben, wie das gestickte Tischdeckchen oder der V-förmige Zeitungsständer neben dem Ohrensessel.

»Möchten Sie Milch oder Zucker?«, fragte Yvonne, als sie den dampfenden Kaffee in seine Tasse goss.

»Nur Milch, danke«, antwortete er. Sie füllte auch ihre Tasse und setzte sich dann ebenfalls an den Tisch, so dass sie ihm gegenüber saß. Paul hielt sich in Wilmas Küche auf, wo er die kleinen Kätzchen bewunderte, die die Hauskatze Mimi geworfen hatte. Sie nippten vorsichtig an ihren Tassen, wagten dabei gelegentlich einen Blick zum jeweils anderen und warteten auf jene Worte, an denen sie sich zum eigentlichen Thema hangeln konnten. Doch dann übersprang der Journalist diesen Teil einfach.

»Woher kommen Sie, und was hat Sie hierher nach Seilersfeld verschlagen?«, fragte er direkt in die eingetretene Stille hinein. Seine häufigen Erfolge als Reporter waren zu einem Großteil auf seine Stimme zurückzuführen, wenn er Fragen stellte. Sie klang nach Sanftmut und verständnisvoller Anteilnahme. Yvonne sah verlegen in ihren Kaffee. Dann antwortete sie leise:

»Ich frage mich vielmehr, was ich demnächst machen soll, wenn ich hier nicht mehr einkaufen darf« und wich seiner Frage damit geschickt aus.

Im Grunde war Benedikt ein Mann wie jeder andere auch, und er spürte sofort den Impuls, ihr bei diesem Problem zu helfen. Aber er war erfahren genug, mit seinem Lösungsvorschlag die Kurve zurück zu seinem Anliegen, zu seiner Frage zu kriegen.

»Möglicherweise wird Wilma Ihnen erst einmal alles mitbringen müssen, was Sie brauchen. Aber wenn ich die Frauen im Laden richtig verstanden habe, wollen sie bei Wilma keine Eier und keine Milch mehr kaufen, solange Sie hier wohnen. Und dann kann es sein, dass auch die Holzgärtners im Ort nichts mehr werden kaufen können. Man will sie zwingen, den Mietvertrag mit Ihnen zu kündigen, damit Sie von hier verschwinden.«

Yvonne spürte sofort wieder den Kloß in ihrem Hals, der jeden Versuch einer Antwort erstickte. Sie vergrub ihr Gesicht in ihren Handflächen. Wie konnte das sein? Woher konnten die Menschen in Seilersfeld etwas wissen? Hatten die Bauern etwas erzählt? Das konnte sie sich eigentlich nicht vorstellen, sie hielt beide für absolut vertrauenswürdig. Und deren Sohn Michl wusste von nichts. Außerdem war es schon schlimm genug, dass man sie anfeindete, aber sie wollte nicht, dass nun auch noch ihre fürsorglichen Wirtsleute mit hineingezogen wurden.

Sie spürte, wie ihre Hände sanft aber bestimmt von zwei Männerhänden ergriffen wurden, eine von ihnen etwas größer und kräftiger als die andere. Sie zogen ihre Hände von ihrem Gesicht weg und drückten sie sanft auf die Tischplatte. Dann legten sie sich behutsam auf die ihren und bedeckten sie. Benedikts Hände fühlten sich angenehm warm und zart an, die Hände eines Mannes, der noch nie körperlich hat arbeiten müssen. Sie fragte sich, womit er sein Geld verdiente. Yvonne konnte ihm weder in die Augen noch auf seine ungleichen Hände sehen. Dann sprach Benedikt sie wieder an. Sein Ton war weich und ruhig, so als spräche er zu einem Kind.

»Die Frauen im Laden glauben, dass Sie ...«, er unterbrach sich kurz, »dass Sie eine Prostituierte sind.«

Yvonne hob abrupt den Kopf und sah ihm direkt ins Gesicht. Sie lächelte, und ihr Blick wurde plötzlich hell und klar. Es war, als wäre im Inneren ihres Kopfes, in der einsamen und geheimnisvollen Dunkelheit, die sich darin eingenistet hatte, das Licht angeknipst worden.

»Was? Wirklich?«, stieß sie hervor, und ihre Stimme machte einen Hüpfer, so als habe er ihr eine sehr erfreuliche Nachricht überbracht.

Benedikt war sichtlich überrascht von dieser Reaktion, hatte er doch Scham oder Empörung erwartet, je nachdem, ob sie nun wirklich eine Prostituierte war oder nicht. Aber er hatte nicht mit Freude gerechnet, und die schien sie offenbar gerade zu empfinden. Er zog seine Hände von ihren herunter und legte sie sich auf den Schoß, so dass Yvonne sie nicht mehr sehen konnte.

»Das scheint Sie zu amüsieren«, sagte er etwas konsterniert.

»Ja, das heißt, ich meine natürlich nein. Aber es erleichtert mich auch irgendwie«, gab sie zurück, »denn das kann man ja aus der Welt schaffen. Ich bin keine.«

Benedikt erzählte ihr von den Beobachtungen, die Peter Kranz bei seinen abendlichen Lieferfahrten gemacht hatte, und dass für Hilde Kranz und ihre Kundinnen angesichts dieser verschiedenen Herrenbesuche, zusammen mit der Tatsache, dass sie ansonsten keinerlei Einkünfte hatte und ohne Mann lebte, die Vermutung nahe lag, dass sie ihren Lebensunterhalt eben mit diesen Herrenbesuchen finanzierte.

»Das stimmt!«, gab Yvonne nun zu seiner vollständigen Verwirrung zu. »Mein kompletter Lebensunterhalt wird von diesen Männern finanziert«, sagte sie sichtlich amüsiert und schenkte ihrem Besuch noch einen weiteren Kaffee ein.

»Es sind meine Brüder, und sie teilen sich die Kosten für Paul und mich gerecht untereinander auf, bis ich wieder selber arbeiten kann. Sie helfen uns, damit wir Ruhe finden und irgendwo leben können.«

Dann erhob sie sich, beugte sich weit über den Tisch und ergriff seine Hände, die gefaltet auf seinen Beinen lagen. Sie nahm sie und legte sie wieder auf den Tisch. Nun war sie es, die ihre Hände schützend auf die seinen legte.

»Sie brauchen sich nicht zu verstecken, Benedikt Marquardt. Sie sind ein guter Mann, und ich bin Ihnen unendlich dankbar für das, was Sie heute getan haben. Sie haben mir Hoffnung gegeben. Ich war im ersten Moment völlig verzweifelt, fühlte mich unglaublich einsam, selbst hier eine Ausgestoßene, unerwünscht zu sein. Sie wissen nicht, was ich durchgemacht habe. Aber dann kamen Sie. Sie sind für mich wie dieser Engel aus der Bibel. Ich kenne mich nicht so gut aus in der Bibel, aber da gab es doch einen, der sagte »Fürchte Dich nicht«, und im Prinzip haben Sie genau das heute zu mir gesagt. Sie haben gesagt, ich wäre falsch behandelt worden. Sie waren dort und haben sich nicht darauf eingelassen, mich sofort zu verurteilen. Sie sind mir hinterher gefahren und haben mir gezeigt, dass es nicht nur solche gibt. Mit all dem haben Sie mir gesagt: »Fürchte Dich nicht«. Sie können sich nicht vorstellen, wie gut mir das tut und was das für mich bedeutet.«

Benedikt fühlte die warmen und weichen Frauenhände auf seinen Handrücken, und sie fühlten sich gut an. Eine zärtliche Berührung durch eine Frau war etwas, was er nicht kannte. Seine Behinderung und sein damit verbundenes Erscheinungsbild hatten es bisher verhindert, dass sich Frauen näher als nur auf der beruflichen Ebene mit ihm eingelassen hatten. Er spürte den starken Drang, seine Hände umzudrehen und ihre dann zu umfassen. Aber er beherrschte sich. Das war sicher unangemessen und konnte leicht missverstanden werden. Stattdessen zog er sie, wenn auch ungern, unter ihren Händen hervor, um seine Kaffeetasse zu ergreifen und damit erneut einen neutralen Boden zu betreten. Außerdem hatte die kurze intime Situation weder die Tatsache verdeckt, dass sie einander Fremde waren, noch hatte sie seine angeborene Neugierde beendet.

»Wenn ich Sie so reden höre, drängt sich mir das Gefühl auf, sie seien auf der Flucht.«

Dabei nippte er wie beiläufig an seiner Tasse.

Yvonne lehnte sich wieder zurück.

»Sie werden von Ihren Brüdern hier versteckt, stimmt's?«, ergänzte er seine Vermutung.

»Vor wem?«, schob er nach.

»Ist es Ihr Mann?«

Yvonne stand auf und begann damit, die Kaffeekanne, das Zuckerdöschen, das Milchkännchen sowie ihre eigene, noch halbvolle Tasse auf das mitgebrachte Tablett zu stellen und antwortete hörbar kühl:

»Bei aller Dankbarkeit für Ihre Hilfe und bei allem Respekt, aber ich wüsste nicht, was Sie das anginge. Ich möchte auch nicht darüber reden.«

Dann nahm sie ihm auch seine Tasse ab, stellte sie auf das Tablett und trug dieses in die Küche. Das hieß wohl, es sei an der Zeit, wieder zu gehen.

Benedikt stand auf und folgte ihr. Im Türrahmen zur Küche blieb er stehen. Seine Stimme hatte wieder jenen angenehm beruhigenden Tonfall, der ihr zu Beginn aufgefallen war. Er sprach, während sie das Geschirr in die Spüle und die Milch in den Kühlschrank stellte.

»Ich denke, es wird Zeit für mich, nach Hause zu fahren. Mein Vater wird sicher schon allein gegessen haben. Ich würde Ihnen gerne helfen, wenn Sie Hilfe brauchen. Sollte die Kranz tatsächlich auch an Wilma nichts mehr verkaufen wollen, kommen Sie zu mir. Ich bringe Ihnen dann was aus Passau mit. Da arbeite ich. Wenn ich nicht da bin, können Sie Ihren Einkaufszettel ruhig meinem Vater geben. Er ist pensioniert und fast immer zu Hause. Er wird Bescheid wissen. Wir wohnen in dem Haus mit der dunkelgrünen Balustrade am Ende der Ludwigstraße. Können Sie nicht verfehlen. Ich wünsche

Ihnen noch ein schönes Wochenende und danke für den Kaffee.«

»Was machen Sie in Passau?«, fragte sie, während sie ihm zur Haustür folgte.

»Ich bin Journalist bei der Passauer.«

Sie stieß einen entsetzten Laut aus.

Ihre Stimme überschlug sich fast.

»Sie sind Reporter?«

Benedikt öffnete die Haustüre und drehte sich im Hinausgehen noch einmal um.

»Journalist, ja.«

Yvonne hielt mit einer Hand die Türe fest und drückte Benedikt mit der anderen nach draußen.

»So ist das also«, schrie sie verärgert, «der große selbstlose Helfer in der Not, was? Schamloses Reporterpack. Lasst mich endlich in Ruhe!«

Dann knallte sie ihm die Türe vor der Nase zu.

Auf das Geschrei aufmerksam geworden, trat Wilma Holzgärtner aus ihrer Küche hinaus auf den Hof.

»Willi? Was machst Du denn hier? Was ist los?«

Benedikt »Willi« Marquardt erklärte ihr, was vorgefallen war. Er erzählte vom Verdacht der Frauen im Dorfladen, davon, dass Yvonne nichts einkaufen durfte, und dass er es für sie getan hatte. Er erzählte von ihrer heftigen Reaktion, als sie erfuhr, wer er war. Seine Schilderung wurde begleitet von einem Blick, aus dem ehrlich schockierte Ratlosigkeit sprach. Davon, dass die Hofreiter Mechthild vorgeschlagen hatte, ihnen mit einer Anzeige wegen Kuppelei zu drohen, sagte er nichts. Es hätte den gleichen, das Vertrauen untereinander zerstörenden Effekt, also schwieg er über diesen Punkt. Er hoffte noch, dieses oder ähnliche Vorhaben verhindern zu können.

»Ach, das arme Ding«, sagte die Bäuerin und legte ihm ihre Hand auf die gesunde Schulter.

»Das war bestimmt nur eine Überreaktion. Das hat sicher nichts mit Dir zu tun, denn Du kannst ja nichts dafür. Sie hofft, hier Ruhe zu haben und denkt jetzt vermutlich, Deinesgleichen hätte sie aufgestöbert. Fahr nach Hause, Willi, ich rede mal mit ihr.«

Benedikt breitete in einer Verständnis suchenden Unschuldsgeste seine Arme aus.

»Kann mir denn hier mal jemand erklären, worum es überhaupt geht? Was zum Teufel ist denn mit ihr?«

»Tut mir leid, aber ich habe versprochen, nichts zu sagen. Und Du kennst mich, dann tue ich es auch nicht«, antwortete Wilma und zog mit aufeinander gepressten Zeigefinger und Daumen an ihren Lippen einen imaginären Reißverschluss zu.

6

Zwei Tage später, am Sonntagnachmittag, ging Yvonne bei herrlich warmen Temperaturen und unter einem strahlend blauen Himmel die Landstraße nach Seilersfeld entlang und dann mitten durchs Dorf zur Ludwigstraße. Die Siedlung lag ruhig und friedlich da, eingebettet zwischen summenden und surrenden goldgelben Feldern, an deren Horizonten sich das sommerliche Grün des beginnenden Waldes abhob.

Yvonne suchte das Haus mit der dunkelgrünen Balustrade, das Benedikt ihr beschrieben hatte und in dem er mit seinem Vater lebte. An ihrer rechten Hand trottete Paul neben ihr her. In ihrer linken hielt sie eine Tragetasche, in der sich ein Apfelkuchen befand, den Paul und sie am Vortag gemeinsam frisch gebacken hatten. Vor ihrem Aufbruch dachte sie an die Möglichkeit, während dieses kleinen Fußmarsches auf andere Dorfbewohner zu treffen, und sie hatte sich auch zurecht gelegt, wie sie mit dem Kleinen an der Hand auf Beleidigungen oder Anfeindungen reagieren würde. Aber dazu kam es nicht. Sie begegneten zwar einigen Ehepaaren, die den schönen Tag ebenfalls für einen kleinen Spaziergang in der Sonne nutzten, aber die wechselten einfach rechtzeitig die Straßenseite, wenn sie sie sahen.

Minuten, nachdem Yvonne Benedikt vorgestern im ersten Schreck so unfreundlich aus ihrer Haustür gedrückt hatte, war an ihr Fenster geklopft worden. Es war Wilma. Als Paul im Bett war, saßen die beiden Frauen noch den ganzen Abend zusammen und besprachen die

Situation. Wilma konnte Yvonne davon überzeugen, dass das Gerede um sie sicher bald nachlassen würde, wenn sie es einfach konsequent ignorierte, und dass sie außerdem von Benedikt nichts zu befürchten hatte. Die Tatsache, dass er Journalist bei der Passauer Neuen Presse war, sei nur ein Zufall. Er gehöre bestimmt nicht zu jenen, die vielleicht versuchten, sie ausfindig zu machen. Er hatte ihr einfach nur helfen wollen. Dabei nannte sie ihn immer Willi oder Kaiser, wie sie und die anderen es seit jeher gewohnt waren. Sie erklärte Yvonne die Ursache dieser Spitznamen. Wie die Geburt des letzten deutschen Kaisers war jene Benedikts auch eine Steißgeburt, und bei ihr kam es ebenfalls zu Komplikationen, insbesondere da sie nicht in einem Krankenhaus, sondern zu Hause erfolgte. Und da kein Arzt, sondern nur eine Hebamme anwesend war, könne man von Glück reden, so Wilma, dass Mutter und Kind die Prozedur überlebten. Aber sie führte auch zu einer Armplexus-Lähmung wie bei Wilhelm II., so dass auch Benedikts linker Arm verkümmert und daher kleiner blieb. Er hatte jedoch mehr Glück als sein prominenter Leidensgenosse. Während die kaiserliche Behinderung auch noch durch eine stark eingeschränkte Beweglichkeit des Armes geprägt war, konnte Benedikt den seinen fast uneingeschränkt benutzen. Er war halt hauptsächlich nur etwas kürzer als der rechte und seine linke Schulter schmaler.

Yvonne hatte sich die Geschichte aufmerksam angehört, und es tat ihr bald schon leid, dass sie ihn so behandelt hatte. Nicht, weil er behindert war, das hatte sie nicht gestört, sondern weil sich in Wilmas Schilderung immer mehr herauskristallisierte, mit welch starkem und selbstbewussten Charakter Benedikt im Gegenzug ausgestattet war. Vielleicht hatten seine Eltern ihn bewusst und gezielt zu einem stabilen und in sich gefestigten Wesen erzogen, vielleicht haben aber auch die sicher erlittenen Hänseleien in seiner Kindheit und Jugend seine Persönlichkeit gestählt, statt sie zu brechen.

Wie auch immer es gewesen sein mag, Wilma erzählte, Benedikt sei heute in Seilersfeld zwar ein Außenseiter, allerdings ein durchaus respektierter und insgeheim geschätzter Außenseiter. Man regte sich darüber auf, wenn er auf einer Gemeindeversammlung mal wieder eine andere Meinung vertrat als der mehrheitliche Rest der Anwesenden. Auch stieß es immer wieder auf, dass seine Wortbeiträge oft zynisch oder bissig waren, und sicher gab es nicht wenige, die sich von ihm unangenehm ihre eigene Mut- und Meinungslosigkeit spiegeln ließen. Nichtsdestotrotz kam es nicht nur einmal vor, dass er es schaffte, die Widersprüchlichkeit oder die Sinnlosigkeit eines gemeinschaftlichen Vorhabens überzeugend auseinander zu nehmen, bis mehr und mehr der ehemals vehementen Befürworter einknickten und sich auf seine Seite schlugen. Die Selbstverständlichkeit, mit der dieser Mann mit dem schiefen Erscheinungsbild öffentlich eine abweichende Einzelmeinung zu vertreten wusste, verbunden mit der unerschütterlichen Art dies zu tun und einer entwaffnenden Logik, die andere an die unscharfen und ausgefransten Ränder ihrer eigenen Überzeugung führen konnte, verhinderte, dass Benedikt Marquardt viele Freunde in Seilersfeld hatte oder fest in das

Gemeindeleben eingebunden war. Oft erfuhr er relevante Dinge als Letzter. Lediglich mit Peter Kranz und dem Bezirksbeamten Hubert Förster verband ihn so etwas wie eine Freundschaft, die aus den regelmäßigen Treffen zum Schafkopfspielen entstanden war.

Auf der anderen Seite war es nicht selten er, den man, meist unter einem Vorwand, aufsuchte, brauchte man in einer eigenen Angelegenheit eine verlässliche und fundierte fremde Meinung. Das Verhältnis von Seilersfeld zu seinem behinderten Mitbürger war zwiespältig. Während viele insgeheim Benedikts innere Stärke, seine analytischen Fähigkeiten und sein Rückgrat bewunderten, so war er aber auch stets wegen seiner Neigung zu Widerspruch und Eigenbrötlerei ein willkommenes, weil zu verurteilendes Subjekt bei jedem Kaffeeklatsch.

Es schien ihn nicht zu stören.

Yvonne machte das, was sie hörte, auf eine besondere Art neugierig. Sie war fasziniert von dieser ruhigen, gelassenen Art einer persönlichen Unabhängigkeit, von der Wilma berichtete, wenn sie jenen Mann beschrieb, der ihr eben noch gesagt hatte, sie wäre in seinen Augen falsch behandelt worden. Wilma zeichnete mit ihren Worten das Bild eines Mannes, der trotz (oder wegen?) seiner körperlichen Schwäche eine ganz eigene innere Stärke entwickelt hatte. Männliche Stärke hatte sie bisher anders erlebt.

Noch während die Bäuerin von Benedikt erzählte, erschien ihr plötzlich jene männliche Stärke, die sie kannte, nur eine vorgegaukelte zu sein. Eine Maske. Eine laut brüllende Maske aus simpler Brutalität, hinter der sich vielleicht nur Unsicherheit und Angst versteckten, aber eben keine Gelassenheit.

Eine Angst davor, andere könnten die tatsächliche eigene innere Schwäche sehen oder auch das eigene Unvermögen durchschauen, die Komplexität des Lebens erfassen zu können. Vielleicht war es noch nicht einmal die Angst davor, dass andere das sahen, sondern vielmehr die Angst davor, es selbst zu sehen. Die Angst davor, eines Tages im Spiegel nicht mehr jenen Mann zu sehen, als den man sich zu sehen wünschte, sondern nur noch den Wurm, der man tatsächlich war.

Nach Wilmas Schilderung hatte Yvonne das Gefühl, etwas Neues entdeckt zu haben, etwas das zunächst überhaupt nicht in das Bild zu passen schien, das sie sich von der Welt gemacht hatte. Es war diese ruhige, gelassene Unabhängigkeit, die Benedikt offenbar auszeichnete. Das Besondere an dieser Entdeckung war nicht, dass eine starke Persönlichkeit auch mit oder trotz einer gewissen Gelassenheit denkbar war, das Besondere an ihrer Entdeckung war, dass ausgerechnet jene Gelassenheit erst der Grund für persönliche Stärke war. Wahre Stärke war nur vorstellbar durch innere Gelassenheit.

Dieser für sie neue Umkehrschluss, der all ihre bisherigen Erfahrungen auf den Kopf stellte, sollte sie den ganzen nächsten Tag beschäftigen. Wenn Paul am Samstag nicht gerade auf dem Hof unterwegs war, im Heu herumtollte oder mit den jungen Kätzchen spielte, spielten sie Mensch-ärgere-dich-nicht, malten Bilder oder stapelten, auf dem Fußboden liegend, Bauklötze aus Holz zu mächtigen Ritterburgen aufeinander. Aber sie war dabei nicht ganz bei der Sache, so wie sie es sonst war, um ihrem kleinen Sohn jenes geliebte Aufgehobensein zu bieten, das sie nie erfahren hatte.

Auf seine zwischen die Spielfiguren geschobenen Fragen, wann denn endlich die Schule anfinge, ob sie denn nicht auch mal die jungen Kätzchen sehen wolle oder ob und wann Papa käme, reagierte sie oft nur mit Verzögerung.

Entschuldige bitte.

Wenn die Sommerferien vorbei sind, das dauert noch eine Weile. Aber natürlich, wie heißen die Kätzchen denn? Das habe ich Dir doch erklärt. Papa hat uns verlassen, er kommt überhaupt nicht mehr zu uns zurück.

Letzteres schien den Jungen nicht zu beunruhigen. Im Gegenteil. Vielleicht fragte er immer wieder danach, um auch wirklich sicher zu sein. Er verstand nicht, warum sein Vater gegangen oder wohin er gegangen war. Das hatte ihm seine Mutter nicht erklärt, und danach fragte er auch nie. Er schien ausschließlich hören zu wollen, dass er nicht zurück kam.

In den Momenten dazwischen, oder wenn Paul draußen war, erhob sich für Yvonne hinter den Türmen der Ritterburgen ein klobiges Panorama aus rustikaler, bäuerlicher Bescheidenheit. Ein massives und hohes Buffet, dessen blau angestrichenes Holz an einigen Stellen rissig geworden war und hinter dessen Vitrinentüren noch immer das alte Sonntagsservice geduldig auf Verwendung wartete.

Eine biedere, dunkle Anrichte, deren Türschlösser mit

Messing beschlagen waren und in denen scheckige, verfärbte Schlüssel mit verzierten kleeblattförmigen Griffen steckten.

Ein alter, an vielen Stellen abgewetzter Ohrensessel, auf dessen Armlehnen kleine Deckchen die schlimmsten Spuren seiner Jahre bedeckten. Und an der Wand hing die eingerahmte Replik eines Ölgemäldes grasender Pferde.

Alles in allem das über Generationen hinweg vererbte Arrangement eines Lebens, das an Arbeit reich und an Luxus arm gewesen sein durfte. Nichts in diesem Anbau, in dem sie nun lebte, war modern.

Die Betten in ihren hölzernen Kästen nicht, die verbrauchten Möbel nicht, die Teppiche und Läufer mit ihren hell gewordenen Laufpfaden nicht, auch das abgetretene Linoleum in der Küche nicht.

Wasser wurde noch per Hand in die Küche gepumpt. Ein an die Kanalisation angeschlossenes Wasserklosett sowie eine warme Dusche gab es nur im Haupthaus. Beides wurde von den Bewohnern des Anbaus mitbenutzt. Im eigenen Bad stand auf einem eigens dafür aufgeschichteten Podest lediglich eine graue Zinkwanne auf vier geschwungenen Füßen, und man konnte sich dafür kübelweise Wasser in der Küche erwärmen und nach dem Baden über ein Abflussrohr, das durch die Hauswand nach draußen führte, wieder ablassen.

Yvonne war diese museale Atmosphäre willkommen gewesen, als sie hier ankam. Nicht wegen ihrer antiken Bestandteile, sondern weil das Gesamtbild, das sie von nun an umgab, ihr Gefühl untermauerte, in ein vollkommen neues Leben abzutauchen. Ein stilles, ein natürliches Dasein, genügsam, von der Natur und ihren Jahreszeiten bestimmt, ihnen unterworfen und gleichermaßen an sie angepasst.

Unaufgeregt.

Getragen von einem urtümlich selbstverständlichen Respekt vor Mensch und Tier, vor der notwendigen Arbeit und vor dem Wesen und den Bedürfnissen des eigenen Partners und anderen Familienmitgliedern. Was für sie bisher inmitten dieses möblierten Nachhalls nur ein mehr oder weniger unbestimmtes Gefühl gewesen war, wurde nun durch Wilmas Schilderung eines besonders unabhängigen Menschen auf eine besondere Weise angestachelt, so dass sich eine starke und konkrete Sehnsucht herausschälte. Die Sehnsucht nach einer eigenen natürlichen Selbstverständlichkeit, das Verlangen danach, die eigenen Wünsche, die eigenen Vorstellungen von einem erfüllten, sinnvollen und friedlichen Leben als berechtigt anzuerkennen.

Sich selbst als berechtigt anzuerkennen.

Wilmas Hervorhebung der inneren Unabhängigkeit Benedikts formte in ihr ein Bild, wie alles hätte sein können. Wie sie selbst hätte sein können. Sie verliebte sich in diese Vorstellung, sie war vitalisierend.

An diesem Samstag, zwischen all den gewürfelten Sechsen, zwischen den gelben Buntstiften für die Sonne und den blauen für den Himmel, zwischen den einzelnen Bauabschnitten ritterlicher Gemächer, ließ sie sich immer wieder von diesem Gedanken fort tragen. Sie entschwebte mit ihm in eine Welt, in der Ritter ritterlich waren, in der das eigene, behagliche Heim auf einer grünen Wiese unter blauem Himmel von einer gelben Sonne angestrahlt wurde und in eine Welt, in der die Figuren nicht permanent rausgeschmissen wurden. Und in dieser Welt, in diesen Bildern, tauchte an diesem Samstag immer wieder ein Gesicht auf. Ein freundliches Gesicht mit offenen, ehrlichen Augen. Ein Gesicht, das ruhig und gelassen auf zwei ungleich breiten Schultern ruhte.

Das Leben, das sie bisher immer nur umher geschubst hatte, schien sie diesmal, vielleicht sogar absichtlich, an genau den richtigen Ort geschubst zu haben.

Als Paul sein einstündiges Mittagsschläfchen hielt, lümmelte sich Yvonne in den abgewetzten Ohrensessel und ließ ein Bein über die Armlehne baumeln. Sie erlaubte es sich zu träumen. Sie wurde bald 30 und hatte nicht das Gefühl, eine erwachsene und vollwertige Frau zu sein. Es war ihr nicht gestattet worden, sich so zu fühlen, geschweige denn eine zu werden. In ihrem Ohrensessel gestattete sie es sich nun.

Sie malte sich aus, wie ihr Leben sich entwickelt hätte, wäre Horst nicht so gewesen, wie er war. Wenn er gewesen wäre, wie es anfangs den Anschein hatte. Wenn er gewesen wäre wie ... wie Benedikt Marquardt.

Ihre Gefühle wechselten mit den Bildern, die vor ihrem geistigen Auge entstanden. Bei einem Waldspaziergang fühlte sie sich angenommen. Ihrer Sehnsucht nach Zärtlichkeit ließ sie Leine, wenn sie ihren Kopf auf seine Brust legte und spürte, wie sein Arm sie an sich drückte. Im Dorfladen genoss sie ihren bisher unbekannten Stolz und ihre neue Benedikt'sche Unabhängigkeit, wenn sie Hilde Kranz zurecht stutzte. Beim ersten Mal wurde sie in ihrer Fantasie noch von diesem - ihrem - Mann begleitet. Als sie es noch einmal versuchte, stand sie schon alleine vor der Kranz.

Und in der Vorstellung, wie sie die Wohnung (es war irgendeine imaginäre Wohnung) schön herrichtete, eine Kerze auf dem Esstisch entzündete und ein besonderes Abendessen zubereitete, über das er sich freuen würde, wenn er von der Arbeit heimkam, tauchte sie ein in die in ihrem Herzen versteckte und ungestillte Sehnsucht zu lieben.

Aber kurz bevor sich sein Schlüssel in der Tür drehte, riss die Filmspule. Während es ihr bei den meisten Bildern ganz leicht im Bauch wurde, fiel ihr jetzt auf, dass sie keine Vorstellung davon hatte, wie es war, der Heimkehr des Mannes nicht mit Angst, sondern mit Vorfreude entgegenzusehen. In seinen Augen Liebe statt Kontrolle zu sehen. Zärtlich in den Arm genommen zu werden, statt den eigenen verdreht zu bekommen. Mit warmen Worten, vermisst worden zu sein, begrüßt zu werden, statt mit vorwurfsvollen und drohenden Fragen.

Sie lenkte sich ab, unternahm erneut einen wunderschönen Waldspaziergang, ging Hand in Hand ins Kino oder bewegte sich aufrecht und erhobenen Hauptes durch die Stadt. Nur das sehnsüchtige und vorfreudige Warten auf seine abendliche Heimkehr wollte ihr nicht gelingen. Zwar fiel ihr auf, dass das Gesicht ihres nach Hause kommenden Mannes stets das lächelnde und freundliche Gesicht Benedikts war, aber immer kurz bevor er sie erreichte und umarmen konnte, schob sich Horsts

Gesicht durch Benedikts Wangen, und der Blick aus klaren, offenen Augen wurde flackernd und abgehetzt. Manchmal war Horst sogar mit den gelblichen und seitlich über die Stirn gekämmten Strähnen ihres eigenen Vaters ausgestattet.

Sie gab das Bild auf.

Sie nahm ihr Bein von der Armlehne. Dann setzten unvermeidlich Zweifel ein. Ein innerlich derart unabhängiger Mann, intelligent, gebildet und selbstbewusst, ein Mann wie Benedikt Marquardt, wüsste überhaupt nichts mit ihr anzufangen. Solche Männer würden sich nur mit gleichwertigen Partnerinnen zufrieden geben. Ebenso intelligent, gebildet, unabhängig und selbstbewusst. Frauen, mit denen sie auf Augenhöhe diskutieren, streiten, planen und mit denen sie als starkes Team der Welt begegnen konnten. Sie seufzte. Träume blieben nun einmal Schäume, schimpfte sie mit sich selbst.

Nein, dieser Mann war zwar nett zu ihr gewesen, er hatte ihre Partei ergriffen und war darüber hinaus so höflich gewesen, ihrer Einladung zu folgen, den Kaffee zu probieren, den er ihr mitgebracht hatte. Aber mehr als Höflichkeit konnte sie von ihm nicht erwarten. Würde er sie besser kennen, würde er auf sie herabschauen. Und selbst die Höflichkeit, die er sich ihr gegenüber gestatten konnte, würde Verachtung weichen. Erst recht, wenn er erführe, wer sie wirklich war. Was sie getan hatte.

Außerdem hatten sie ja auch überhaupt keinen Kontakt. Yvonne hatte, außer zu ihren Wirtsleuten, überhaupt keine Kontakte im Dorf, und sie suchte auch keine. Am liebsten blieb sie unsichtbar. Hoffentlich hatte Wilma

Recht und das Gerede um sie, die unwillkommene Aufmerksamkeit, die ihr galt, würde sich bald legen. Sie sollten sie einfach in Ruhe lassen.

Yvonne stand auf, drehte sich um und betrachtete das Bild grasender Pferde an der Wand. Es hatte ihr schon oft in den vergangenen Wochen Ruhe und Trost gespendet. Vor schneebedeckten Bergen grasten zwei rotbraune Araber. Eine Stute und ein Hengst. Während die Stute graste, legte der Hengst seinen Kopf an ihre Flanke.

Gab es eine Chance, sich wiederzusehen, sich noch einmal zu begegnen? Sie würde gerne mit ihm reden, hätte tausend Fragen. Sie dachte an die zärtliche Wärme, die von seinen Händen ausging, als er mit ihnen die ihren bedeckte. Ihr fiel auch sein erschrockener Blick wieder ein, als sie ihn aus der Tür hinaus geschoben hatte. Und dann kam ihr eine Idee, die all ihren Mut erforderte. Als die Stunde verstrichen war, weckte sie ihren Sohn mit den Worten »Komm, wir backen einen Kuchen. Wir wollen morgen jemanden besuchen.«

Sie hatten das Haus gefunden.

Seine Fassade war gelb gestrichen, wie die der meisten Häuser in Seilersfeld. Das zweite Stockwerk verfügte über einen begehbaren Umlauf, der von einer dunkelgrün gestrichenen Balustrade aus kegelförmigen Steinstreben eingefasst war. Vor den Fenstern mit ihren offenen Läden hingen Blumenkästen mit Blüten in allen Farben des Regenbogens. Zur Eingangstür führten zwei Treppenstufen. Yvonne und Paul standen auf dem oberen Absatz. Es war jener Moment, der sich in ihrem Kopf in den letzten 24 Stunden immer wiederholt hatte. Sie musste klingeln.

»Wen besuchen wir?«, hatte Paul gefragt, als er endgültig wach geworden war.

»Einen netten Mann, der mir geholfen hat, ein paar Einkäufe nach Hause zu fahren. So musste ich nicht zu Fuß gehen. Ich möchte mich gerne bei ihm bedanken, und deswegen backen wir jetzt zusammen einen leckeren Apfelkuchen für ihn. Du bekommst natürlich auch ein Stück davon ab.«

Sie klingelte.

Dann dauerte es eine Weile, eine schier unendliche Weile, wie ihr schien, bis die Tür geöffnet wurde. Vor ihnen stand ein grauhaariger Mann, den sie auf Mitte oder Ende Sechzig schätzte. Sie erkannte sofort die Ähnlichkeit mit Benedikt. Es musste sein Vater sein. Die gleichen freundlichen Augen und das gleiche, trotz der Falten etwas jugendlich wirkende Gesicht.

Er allerdings brauchte einen Moment, um zu erfassen, dass vor ihm jene schöne Fremde stehen musste, von der ihm sein Sohn berichtet hatte. Beni hatte wahrlich nicht übertrieben. Und dann, mit der gleichen Selbstverständlichkeit, die seinem Sohn zu eigen war, drückte er einfach aus, was er dachte, bevor Yvonne überhaupt dazu kam, sich und den Grund ihres Kommens vorzustellen.

»Sie sind noch schöner, als der Beni Sie beschrieben hat, wenn Sie mir diese Bemerkung erlauben.«

Yvonne wusste nicht, was sie erwidern sollte, so überrascht war sie. Einerseits, weil der ältere Herr sofort gewusst hatte, wer sie war, andererseits über seine Direktheit und hinter all dem, in ihrem Inneren, darüber, dass Benedikt von ihr erzählt hatte.

Dass sie schön sei.

Noch bevor sie reagieren konnte, öffnete Benedikts Vater die Tür vollends, wies mit seinem ausgestreckten Arm in die Diele und forderte sie auf, herein zu kommen. Die schmale Diele war dunkler als man erwarten würde. Sie folgten Benedikts Vater in die dahinter gelegene Wohnstube. Auf dem Weg dorthin rief er eine Treppe hinauf, dass Besuch da sei. Die Wohnstube dagegen war geräumig und hell. Eine Ecke wurde von einem Sofa und zwei Sesseln beherrscht, die einen niedrigen Nierentisch einrahmten, und in der anderen Ecke stand ein Esstisch vor einer Eckbank, und davor standen zwei dazu passende Stühle. Ihre Rückenlehnen waren verziert und hatten ein ausgespartes Herz in der Mitte. Auf Bank und Stühlen lagen gemusterte Sitzkissen.

»Frau Schmidt? Das ist ja eine Überraschung.«

Yvonne und Paul drehten sich um.

Und obwohl Yvonne ihren Sohn auf Benedikts Aussehen vorbereitet hatte, starrte dieser ebenso verwirrt wie unverwandt auf dessen kürzeren linken Arm und verdrückte sich halb hinter Mamas Rücken.

Benedikt hatte es bemerkt.

Er ging in die Hocke, lächelte Paul an und sagte:

»Sieht komisch aus, nicht wahr?«

»Was ist mit dem Arm?«, kam es prompt zurück.

»Nichts Besonderes. Er ist etwas kürzer als der andere. Ich bin so geboren worden. Es ist nichts Schlimmes.«

»Tut es weh?«

»Nein.«

Benedikt sah dem Jungen unvermindert in die Augen, die ihrerseits nicht recht wussten, wohin sie schauen sollten.

»Bist Du Rechtshänder oder Linkshänder?«, fragte Benedikt.

»Ich weiß nicht.«

»Mit welcher Hand hältst Du den Buntstift, wenn Du ein Bild malst? Mit der rechten oder der linken?«

»Mit der hier«, sagte Paul und hielt seine linke hoch.

Benedikt streckte ihm seine eigene linke Hand entgegen und sagte: »Guten Tag, junger Mann. Ich bin der Benedikt, aber Du kannst Beni zu mir sagen.«

Paul nahm die Hand und schüttelte sie übertrieben heftig, wie es Erwachsene in seinen Augen manchmal taten. Dann drückte Benedikt mit seiner Hand etwas fester zu und sagte herausfordernd:

»Kräftig zudrücken, Bursche. Zeig mir, wie stark Du bist. Komm, fester. Das ist doch wohl nicht alles, oder?«

Paul drückte Benedikts Hand, so fest er konnte.

»Gut so! Du bist ja doch ganz schön stark.«

Paul sah stolz zu seiner Mutter hoch und strahlte über das ganze Gesicht.

»Siehst Du?«, sagte Benedikt, »Es tut mir nicht weh. Es ist alles in Ordnung, brauchst keine Angst davor zu haben.«

Dann richtete er sich wieder auf und sah Yvonne in die Augen. »Was verschafft uns denn diese Ehre?«

Yvonne holte die Platte mit dem Apfelkuchen aus der

Tragetasche. Er war mit zwei sauberen Tüchern abgedeckt, die sie nun entfernte.

»Ich habe Ihnen am Freitag Unrecht getan, und ich bin gekommen, mich zu entschuldigen.«

»Das trifft sich gut«, sagte Benedikts Vater. »Ich wollte ohnehin gerade einen Kaffee aufgießen.« Er deckte den Esstisch mit Kuchentellern, Gabeln und Kaffeetassen, die er aus einem Schrankfach holte. Für Paul stellte er ein Glas für Limonade oder Apfelsaft hinzu. Yvonne stellte die Kuchenplatte auf den Tisch und setzte sich mit Paul auf die Bank, damit er nicht mit seinem Stuhl kippeln konnte. Benedikt nahm auf einem Stuhl Platz, und während sein Vater in der Küche den Kaffee machte, entschuldigte sich Yvonne dann für den harschen Rausschmiss am Freitagabend.

»Eigentlich würde ich Sie jetzt logischerweise fragen, warum Sie sich vor Reportern verstecken, aber ich habe das Gefühl, dass Sie nicht darüber reden wollen«, erwiderte er. Yvonne schüttelte nur den Kopf.

Dann kam sein Vater mit einem Kuchenmesser, das er Yvonne übergab, damit sie ihren Kuchen damit schneiden konnte.

»Wir haben nicht oft Besuch hier, wissen Sie?«, sagte er und holte dann den Kaffee aus der Küche sowie eine Schüssel, in der er frische Sahne geschlagen hatte, während das Wasser für den Kaffee kochte.

Dem Kuchen fehlte es an Süße.

Yvonne hatte zu wenig Zucker genommen. Ohne die saftigen Apfelstücke und die Sahne wäre er eindeutig zu mehlig gewesen. Sie sagte es bedauernd, aber die Männer betonten, er schmecke sehr gut, bis Paul seinen Teller von sich schob und aussprach, was alle wussten:

»Der schmeckt nicht.«

Zuerst gab es einen kurzen Moment allgemeiner Verlegenheit, aber dann fing Yvonne an zu lachen. Die beiden Männer lachten auch, und dann fiel auch Paul in das Gelächter ein und wiederholte dabei immer wieder »Der schmeckt nicht. Der schmeckt nicht«, weil es offenbar der Grund für die plötzliche Heiterkeit gewesen war. Als sie sich wieder beruhigt hatten, fragte Benedikts Vater:»Wo kommen Sie her, und was hat Sie ausgerechnet nach Seilersfeld verschlagen?« Benedikt sah zuerst Yvonne und dann seinen Vater an.

»Dieselbe Frage hatte ich ihr auch schon gestellt. Das hat dazu geführt, dass die Kaffeetafel abgeräumt wurde. Das möchte sie wohl lieber für sich behalten.«

»So etwas soll es geben, nicht wahr, mein Sohn?«

Er legte seine Hand auf Yvonnes Unterarm.

»Er will immer von mir wissen, wie es im Krieg war. Was ich erlebt oder getan habe. Da haben wir wohl etwas gemeinsam, Fräulein. Das werde ich doch auch keinem Reporter auf die Nase binden, oder?«

Er nannte sie Fräulein, obwohl sie als Mutter formell keines mehr war. Benedikt verdrehte die Augen.

»Manchmal wäre es besser, über schlimme Dinge zu sprechen, um sie loszulassen, statt sie in sich hinein zu fressen«, sagte er.

»Sagen Sie es ihm«, forderte der Alte Yvonne auf.

Die sah von einem zum anderen und richtete dann ihren Blick in eine imaginäre Ferne. Sie drückte Paul an sich, und ihre Worte klangen, als spräche sie mehr mit sich selbst.

»Es klingt so schön. Dinge loslassen. Aber was macht man, wenn die Dinge es sind, die Dich nicht loslassen?«

»Kommt Dir das nicht bekannt vor?«, fragte der Vater seinen Sohn. Gereizt gab dieser zurück: »Lass das sein. Fang nicht damit an.« Yvonne fragte: »Können wir vielleicht das Thema wechseln?« Benedikt stand auf und verschwand in die Diele. Es war zu hören, wie er die Treppe ins obere Stockwerk hinauf ging. Yvonne wendete sich an seinen Vater.

»Ihr Sohn hat erzählt, Sie seien pensioniert?«

»Ja, seit ein paar Jahren. Ich war Referent in der Kreisverwaltung. Was machen Sie?«

In dem Moment kam Benedikt wieder. Er brachte eine kleine Schirmmütze mit. Als er näher kam, erkannte Yvonne, dass es sich um eine kleine Schaffnermütze handelte. Benedikt trat an Paul heran und setzte ihm die Mütze auf den Kopf. Dann nahm er seinen Arm und zog Paul von der Bank.

»Komm, ich zeige Dir was Tolles. Das wird Dir gefallen. Ganz bestimmt«, und diesmal verließ er mit Paul an der Hand erneut das Zimmer. Yvonne räumte zusammen mit Benedikts Vater den Tisch ab. Sie brachten das Geschirr in die Küche, und der ehemalige Referent ließ sofort heißes Wasser in das Spülbecken. Sie teilten sich die Arbeit. Er spülte, sie trocknete ab. Das Gespräch, das sie dabei führten, blieb unverfänglich. Er wollte wissen, ob Paul am nächsten Tag wieder in die Schule musste. Sie verneinte und erklärte, dass Paul die letzten Wochen vor den Ferien nicht mehr mitzumachen brauchte. Er sei von ihr gerade erst eingeschult worden, obwohl er schon sieben war. Er würde mit der ersten Klasse erst nach den Ferien beginnen.

Als sie fertig waren, begaben sie sich zurück ins Wohnzimmer. Benedikt und Paul waren noch nicht zurück. Yvonne wollte wissen, wo sie wohl waren. Daraufhin führte Benedikts Vater sie eine steile Kellertreppe hinunter, und sie betraten einen großen trockenen Kellerraum. Als Paul sie bemerkte, rief er aufgeregt: »Mama! Mama! Schau mal!«

An einer Wand war eine große und dicke Holzplatte befestigt, und darauf erblickte sie die umfangreiche Landschaft einer Märklin Modelleisenbahn. Eine Dampflok mit vier langen grünen Personenwagen tauchte ratternd aus einem Gebirgstunnel auf und schwenkte in eine lange Linkskurve. Am Rand der Platte fuhr ein moderner Schnellzug immer wieder um alles andere herum, und durch die Mitte schlängelte sich ein kleiner Güterzug und passierte den Bahnhof eines kleinen Städtchens. Kleine Plastikautos und Frauen mit Kinderwagen und Männer mit Mänteln und Aktenkoffern bevölkerten die Straßen. An einer Kreuzung sicherte ein Polizeiauto mit tatsächlich blinkendem Blaulicht einen Verkehrsunfall ab. So etwas hatte Paul noch nie gesehen. Ihm waren Begeisterung und Faszination anzusehen. Immer wieder rückte er sich die Schaffnermütze zurecht, und als die Dampflok mit den grünen Personenwagen sich dem Bahnhof von der anderen Seite näherte, hielt er eine Kelle mit ihrer roten Seite in die Luft, worauf

Benedikt an einem Drehknopf die Fahrt des Zuges verlangsamte, bis er am Bahnsteig zum Stehen kam. Yvonne hörte ihren Sohn immer wieder rufen: »Alles aussteigen. Alles aussteigen. Ihre Fahrkarten bitte«, während sie Benedikt betrachtete.

Sie versuchte, ihn sich als Kind vorzustellen, wie er stundenlang mit dieser Bahn spielte und dabei seine Welt vergaß. Dann aber fiel ihr auf, dass die Bahn dafür viel zu neu aussah. Sie konnte unmöglich 30 Jahre alt sein. Sein Vater schien ihre Gedanken zu lesen.

»Es ist meine. Ich habe sie nach der Pensionierung gekauft. Sie ist meine Leidenschaft«, sagte er mit seinem jungenhaften Lächeln.

»Darf ich sie wieder anfahren lassen? Bitte!«, wurde Benedikt von dem kleinen und eifrigen Schaffner gefragt. Sein Vater trat an die Platte heran und schob Benedikt zur Seite. »Ich zeige unserem neuen Zugkapitän, wie alles funktioniert. Wir werden ein paar schöne Züge fahren lassen. Und ihr könnt bei dem schönen Wetter ja einen Spaziergang machen, oder?«

Er zwinkerte Yvonne zu.

»Au ja, au ja!«, rief Paul. Die beiden Angesprochenen sahen sich an und nickten einander fast gleichzeitig zu.

Sie fuhren mit dem Käfer ein paar Kilometer aus dem Dorf hinaus, dorthin wo im Osten der Wald begann. Auf einen Spaziergang im Dorf hatte keiner von ihnen Lust. Benedikt steuerte den Wagen von der Landstraße in einen Feldweg, der in den Wald hinein führte und ließ ihn einfach dort stehen.

Eine ganze Weile gingen sie schweigend nebeneinander her, bis sie einen kleinen Bachlauf erreichten, der sie von nun an leise plätschernd begleitete. Dann kamen sie an eine Stelle, an der ein zweiter Bach den Weg schnitt, auf dem sie gingen, um dann in den ersten zu münden. Er war recht breit. Jemand hatte zwei schmale Bretter darüber gelegt, damit man ihn überqueren konnte. Es war jedoch eine wackelige Angelegenheit, es zu tun. Deshalb hielten sie sich an den Händen, als sie vorsichtig nebeneinander über die beiden Bretter balancierten. Yvonne hätte sich insgeheim gewünscht, seine Hand auch weiterhin zu halten, aber natürlich ließ er ihre los, als sie auf der anderen Seite angelangt waren. Seit ihrer Ankunft im Wald hatten sie kein Wort miteinander gewechselt. Die Blätter der Bäume wurden von keinem Lüftchen bewegt und blieben so ebenfalls still. Es gab ein gelegentliches Summen in der Luft und hier und da ein kurzes Rascheln im Unterholz, aber ansonsten waren nur ihre Schritte und das Wasser des Bachs zu hören, wenn es auf seinem kurvenreichen Weg gegen Steine oder Wurzeln plätscherte. Die Luft roch nach Harz und Moos.

Yvonne beschäftigte eine Bemerkung, die Benedikts Vater beim Kaffeetrinken hat fallen lassen. Dass Benedikt das Gefühl kennen müsse, wenn es etwas gab, das einen nicht losließe. Ihr kam es so vor, als ob es neben den Kriegserlebnissen des Vaters noch etwas anderes gab, was zwischen den beiden stand und unausgesprochen blieb. Trotz der alltäglichen Harmonie, die ansonsten zwischen Vater und Sohn zu herrschen schien.

Der Weg beschrieb eine Linkskurve und führte über

eine hölzerne Brücke, die den Bach überquerte. Sie bestand aus groben Bohlen und verfügte über ein Geländer an beiden Seiten. In der Mitte der Brücke ergriff Yvonne Benedikts Arm und zog ihn an das rechte Geländer.

»Lassen Sie uns doch ein wenig hier bleiben«, sagte sie, stützte ihre Ellenbogen auf das Geländer und schaute dem unter ihr ruhig dahinfließenden Wasser hinterher. Benedikt nahm neben ihr die gleiche Position ein und tat es ihr gleich. Dann, nach einer Weile, brach er das Schweigen.

»Ich weiß nicht, wie das gehen soll«, sagte er ganz ruhig. »Die Situation könnte schöner nicht sein, um sich gegenseitig besser kennenzulernen. Ich jedenfalls würde Sie gerne näher kennenlernen, aber …«

»Ich auch«, sagte Yvonne sofort, so als hätte jemand mit einem Nadelstich dafür gesorgt, den inneren Druck ablassen zu können.

Dann beendete er seinen Satz:

»… aber es wird schwierig, wenn Sie zu allem schweigen, was mit Ihnen zu tun hat. Wenn wir nicht reden können.«

Sie sahen sich in die Augen, und Yvonne hielt den Blick aufrecht, obwohl ihre unteren Augenlider anfingen zu flattern und sich bald darauf mit Tränen füllten. Sie wusste aus ihrem Dilemma keinen Ausweg. Sie wollte diesen Mann gerne kennenlernen, sie wollte, dass er sie mochte, dass er bei ihr war, sie hielt, ihr ein wenig von der Kraft und der Sicherheit gab, die von ihm ausging, und sie träumte davon, dass er sie vielleicht sogar eines Tages lieben könnte. Bliebe sie hinter ihrer Mauer der selbstgewählten Anonymität, würde sie diese Chance verlieren. Wenn sie sich stattdessen öffnete, erführe er, wer sie wirklich war und was sie getan hatte. Dann würde er sie verachten, und sie verlöre ihn auch. Darüber hinaus würde sie dann auch aus Seilersfeld verschwinden müssen, und sie wusste nicht wohin. Die Beziehungen ihres Bruders zu den Holzgärtners waren schon ein Glücksfall gewesen.

Sie fühlte sich schrecklich hilflos.

Die einzigen beiden Alternativen, die sie hatte, Schweigen oder Reden, verboten sich beide.

Was sollte sie nur tun?

Ihre flackernden Lider konnten das ansteigende Wasser ihrer Tränen nicht mehr halten. Sie rannen ihr in dicken und wegen der Wimperntusche dunklen Streifen die Wangen hinunter.

Yvonne schluchzte nicht, sie weinte still.

Dabei blickte sie Benedikt weiterhin an, auch wenn sie ihn nur noch verschwommen wahrnehmen konnte, als erwarte sie aus seiner Richtung die Rettung aus ihrer Ausweglosigkeit.

Da war ein gewaltiges Maß an Verzweiflung, Trauer und Angst in ihrem Blick, und Benedikt konnte nicht mehr auseinander halten, ob es mehr von diesem oder mehr von jenem war. Er trat auf sie zu und nahm sie in den Arm. Dabei drückte er ihren Kopf gegen seine Brust und streichelte ihr immer wieder tröstend durchs Haar. Mit seinem schwachen Arm versuchte er, sie zu halten, denn er spürte, dass ihre Beine kraftlos wurden. Was um

Himmels willen hatte dieses arme Ding erlebt? Jetzt fing Yvonne an zu schluchzen. Während ihre Tränen noch Ausdruck stiller Verzweiflung gewesen waren, wurde sie nun von einem wohligen und tröstlichen Gefühl durchflutet, ein Hoffnungsfunke, der vom Gehalten- und Gestreicheltwerden entzündet wurde. Benedikt glaubte zu hören, dass Yvonne sich beim Schluchzen immer wieder an den Worten: »Ich kann nicht, ich kann nicht« verschluckte. Er nahm ihren Kopf in seine Hände und hob ihn an. Sie sahen sich erneut in die Augen, und Yvonne verschluckte ein letztes, leises »Ich kann nicht».

Dann küssten sie sich.

Zunächst vorsichtig und tastend, dann plötzlich leidenschaftlich wild und zuletzt zärtlich erkundend. Keiner von ihnen hat später noch sagen können, wie lange es gedauert hatte, bis sie sich wieder voneinander lösten und den Rückweg antraten. Diesmal aber gingen sie nun Hand in Hand, jedoch ebenso schweigsam und still wie auf dem Hinweg. Nur bei den wackeligen Brettern, auf denen sie den zweiten Bach überquerten, sagte Benedikt einmal, dass es ihm egal sei, was sie erlebt oder getan habe. Sie müsse es nicht preisgeben.

Dann fügte er hinzu: »Von mir aus gibt es keine Vergangenheit, solange es für uns eine Zukunft gibt.«

Der Rest war Schweigen.

7

Die nächsten beiden Tage waren für Yvonne ein Wannenbad himmlischer Herrlichkeit. Zwar vermisste sie Benedikt, der ihr gesagt hatte, dass er Montag und Dienstag beruflich unterwegs sei, aber er hatte auch angekündigt, sich Mittwoch freizunehmen, damit sie den ganzen Tag miteinander verbringen konnten. Sie fühlte sich so voller Energie, dass sie sie in jede Arbeit steckte, die ihr in die Finger kam. Sie wusch Wäsche, räumte die Wohnung auf, kehrte und wischte Staub. Wenn sie Paul in Wilmas Küche begleitete, wo er die jungen Kätzchen streicheln wollte, half sie sogar ihrer Vermieterin zu spülen oder den Ofen blitzblank zu scheuern. Alles Tätigkeiten, die Muße für Träumereien versprachen. Und als sie in Wilmas Küche die Montagsausgabe der Passauer Neuen Presse erspähte, fand sie damit auch gleich einen Grund, am nächsten Tag wiederzukommen.

Sie setzte sich an den Tisch und blätterte begierig durch die Seiten auf der Suche nach Artikeln, die Benedikt verfasst hatte. Montag war nichts von ihm drin, weil er ein freies Wochenende gehabt hatte. Wilma brachte ihr die Samstagsausgabe, die sie noch nicht weggeworfen hatte. In ihr fand Yvonne gleich zwei Artikel von Benedikt. Ein Interview mit einem berühmten Schauspieler und einen Bericht über die Eröffnung eines großen Warenhauses am Stadtrand von Passau. In ihm ließ Benedikt auch Kunden sowie Geschäftsleute aus der Innenstadt zu Wort kommen. Man war sich nicht einig, ob dieses Konzept aufgehen würde. Das Kaufhaus hatte zwar einen großen

Parkplatz angelegt, konnte sich aber nicht auf Laufkundschaft verlassen, so weit weg vom Schuss. Einige lachten über diesen törichten Versuch, aber Benedikt ließ zwischen den Zeilen durchblicken, dass er mittelfristig einen massiven Umsatzrückgang in den Innenstädten befürchtete, sollte dieser törichte Versuch Schule machen.

Am nächsten Morgen fand sie einen Bericht über den ersten Prozesstag des korrupten Nürnberger Baudezernenten. Das muss sein Termin am Vortag gewesen sein. In Nürnberg. Das hieß, er war wirklich den ganzen Tag unterwegs, vermutlich musste er sogar in Nürnberg übernachten. Ob er heute, Dienstag, auch den zweiten Prozesstag begleiten und morgen über das Urteil berichten wird?

Yvonne hatte Wilma erzählt, was sie Sonntag getan hatte und wie der Tag verlaufen war. Sie hatte ihre Liebe zu Benedikt gebeichtet und auch die Tatsache, dass sie von ihm offenbar erwidert wurde. Zu groß war der Druck, ihr Glück kundzutun und zu teilen. Die Bäuerin umarmte sie und drückte sie fest an sich. Immer wieder beteuerte sie, wie schön sie das fände, und dass sie beide dieses Glück verdient hätten.

Yvonne durfte Benedikts Artikel mitnehmen, nachdem Gustl seine Zeitung ausgelesen hatte. Sie las sie immer wieder, um ihm auf diese Weise nahe zu sein. Sie strich mit dem Zeigefinger über die Zeilen, während Yvonne sie las und stellte sich vor, bei den beschriebenen Ereignissen mit dabei gewesen zu sein. Sie flüsterte sich die Fragen vor, die Benedikt dem Schauspieler gestellt hatte und sah die beiden dabei in zwei Sesseln sitzen, einander zugewandt, das eigene Kinn reibend oder mit dem Zeigefinger eine Frage oder eine Antwort unterstreichend. Er war an diesen beiden Tagen ständig bei ihr. Der Gedanke an ihn war morgens der erste, wenn sie erwachte und abends der letzte, wenn sie einschlief. Er war da, wenn sie arbeitete, wenn sie mit Paul spielte und ganz besonders, wenn sie einfach nur ruhig auf einer der Bänke im Innenhof saß und dort dem bäuerlichen Treiben zusah. Sie hatte das Gefühl, alles sei schon immer vorherbestimmt gewesen. Alles, was ihr widerfahren war, sollte ihr nur widerfahren, damit das Leben sie hierher trieb. An seine Seite.

Und alle Frauen, mit denen Benedikt möglicherweise einmal befreundet gewesen sein sollte, hätten ihn gehen lassen. Hätten gespürt, dass er einer anderen gehört.

Ihr.

Sie genoss es, bei allem was sie tat, sich bestimmte Einzelheiten immer wieder ins Gedächtnis zu rufen. Die blau-weiß gemusterten Kaffeetassen, die verzierten Stuhllehnen mit den ausgesparten Herzen, die Holztreppe in der Diele, die in seine Welt hinauf führte, die schmalen Bretter, über die sie Hand in Hand balancierten, sein liebevoll besorgtes Gesicht, verschwommen hinter einer Wand aus Tränen.

Die Küsse.

Alles blieb bei ihr. Nichts verblasste, so klein und unbedeutend ein bestimmter Gegenstand im großen, die ganze Welt umspannenden Zusammenhang des Glücks auch gewesen sein mochte. Alles hatte seinen Platz, und das Große und Ganze war nicht vorstellbar, ohne dass eine bestimmte Kleinigkeit dazu gehörte. Sie nahm all diese Kleinigkeiten mit sich, wohin sie auch ging, was auch immer sie tat. Es war, als veränderten sie ihren Gang, ihren Blick, ihre Stimme, ihr Lächeln. Und dazwischen hörte sie immer wieder seine Stimme.

Solange es eine Zukunft für uns gibt.

Ja.

Fast hätte sie es an diesen beiden Tagen des Wartens, des Träumens und der ständig wieder von vorne beginnenden Erinnerungen geschafft, zum ersten Mal ihre Angst und ihre Schuld zu vergessen. Aber der Gedanke an Zukunft wurde auch begleitet von Angst. Die Angst davor, ihn wieder zu verlieren, wenn er hinter ihr Geheimnis käme. Die Angst davor, ausgerechnet von ihrer großen Liebe verachtet und verstoßen zu werden. Die Angst vor dem Aufwand, der nötig sein würde, ihre Beziehung und ihre Liebe vor seiner Neugierde zu beschützen, sie permanent mit Schweigen und Lügen zu beschweren.

***

Seilersfeld war ein kleines und ruhiges Nest. Ein friedliches und harmonisches Fleckchen Erde, das sich behaglich eingerichtet hat in einem Zeitloch, in dem der Übergang von Sonne zu Regen oder der Wechsel der Jahreszeiten die größten Veränderungen darstellten, die man sich wahrzunehmen gestattete.

Jeder kannte jeden, jeder duzte jeden, man kannte jede

Geschichte und jedes Verwandtschaftsverhältnis. Fast alle im Dorf, bis auf die ganz alten, waren vom jetzigen Pfarrer getauft worden. Der täglich immer gleiche Anblick der Milchflaschen vor den Türen, der schwarzen Kohlehaufen in den Kellern oder der aufgeschichteten Holzscheite neben den Häusern, je nachdem womit der Ofen geheizt wurde, das vertraute Getrappel des alten, von zwei Gäulen gezogenen Fuhrwerks auf dem Kopfsteinpflaster und der Geruch von Weizen, von Apfelbäumen oder des sonntäglichen Weihrauchs versprachen eine bleibende Verlässlichkeit des Daseins, das noch weit entfernt war von autofahrenden Frauen, von fernsehguckenden Kindern oder von Studenten, die diese funktionierende Gesellschaft infrage stellten, ohne bisher etwas für sie geleistet zu haben. Das Leben hielt sich an seiner eigenen Unveränderlichkeit fest, und so konnte die hysterische Aufregung nicht verwundern, die am Dienstagabend am Abendbrottisch von Mechthild Hofreiter ihren Ursprung nahm und sich dann stechenden Schrittes wie eine ansteckende Epidemie rasend schnell von Tür zu Tür, von Haus zu Haus, von Familie zu Familie ausbreitete und sich letztendlich in Form mehrerer Dutzend Männer und Frauen, Väter und Mütter in Begleitung ihrer mehr oder weniger verstörten Söhne und Töchter, als Pulk vor dem Haus des Bürgermeisters versammelte und sich, empört durcheinander schimpfend und schnatternd, entlud.

Natürlich wollte Sepp Hirschlsberger, der Bürgermeister, den Grund für diesen Auflauf wissen, und zunächst hatte er Mühe, sich aus den Botschaften, die gleichzeitig aus vielen Mündern auf ihn einprasselten, ein schlüssiges, ein zusammenhängendes Bild zu formen. Aber es gelang.

Marie Hofreiter, die fünfzehnjährige Tochter von Mechthild und Friedrich Hofreiter, hatte ihren Eltern beim Abendessen erzählt, dass ein ganz besonderes Ereignis auf dem Schulhof und in den Klassenzimmern die Runde machte. Der Holzgärtner Michl hatte vor anderen Burschen damit geprahlt, er habe diese Schmidt, die in dem Anbau auf seinem Hof lebte, splitterfasernackt gesehen - natürlich nur zufällig, als er in der Scheune zu tun hatte und durch einen Spalt in der Wand geschaut habe, weil er ein fremdes Auto hatte auf den Hof fahren hören. Es sei ein Herr gewesen, der mit der Schmidt nach hinten ins Haus verschwunden war. Und später hätte der Mann ihr in der Stube Geld zugesteckt. Dabei sei er nur in Unterhose und die Schmidt völlig nackt gewesen.

Angewidert hatte Marie hinzugefügt, der Michl habe bei der Schmidt wirklich alles sehen können, sogar die Haare da unten, und er habe bei den anderen Burschen Geld eintreiben wollen, wenn er sie auch einmal in die Scheune ließe.

In diesem Durcheinander vor dem Haus des Bürgermeisters erzählten die anderen Jugendlichen, die auf die gleiche Schule in der Kreisstadt gingen, unterschiedliche Versionen dieser Geschichte. Einige hatten gehört, die Schmidt sei nur oben ohne gewesen, andere wollten gehört haben, sie sei nicht nackt gewesen, sondern habe Spitzenunterwäsche getragen, wiederum andere wollten wissen, dass die Schmidt mit dem fremden Mann sogar in der Stube rumgemacht habe.

Die Burschen, denen eine engere Beziehung zum Holzgärtner Michl nachgesagt wurde, wie zum Beispiel Berni Kranz, bestanden jedoch darauf, dass die Schmidt nicht nackt gewesen sei, sondern einen Morgenmantel oder so etwas getragen habe und nur der weiße Träger des Büstenhalters zu sehen gewesen sei. Ferner habe sie nicht mit dem Mann rumgemacht, aber dass er ihr am Ende Geld gegeben habe, das stimme.

Es war in dieser Phase nicht auszumachen, ob der Holzgärtner Michl bei seinem Versuch, Eintrittsgelder für die Scheune zu sammeln, die Schilderung seiner Beobachtung von Anfang an ausschmückte und übertrieb, oder ob Yvonne Schmidt erst bei der anschließenden stillen Post auf dem Schulhof mehr und mehr Kleidungsstücke verlor. Einigkeit herrschte jedoch bei den befragten Jugendlichen darüber, der Bauerssohn selbst habe erzählt, die Frau aus der Scheune heraus beobachtet zu haben, und dass sie dabei nichts oder fast nichts anhatte und von einem fremden Mann Geld bekommen habe.

Mechthild Hofreiter fasste für alle ein sie befriedigendes Fazit zusammen. Es sei nicht von Belang, ob die Schmidt nun tatsächlich nackt oder nur halbnackt gewesen sei. Selbst in den züchtigsten Schilderungen sei es immerhin nicht mehr als ein Morgenmantel gewesen. Wichtig sei, dass sich alle Versionen der Geschichte, die wildesten, aber auch die harmloseren, auf einige immer wiederkehrende und identische Details reduzieren lassen, und alleine die sprächen doch wohl eine eindeutige Sprache.

Jetzt müsse endlich gehandelt werden.

Der Pulk mit dem Bürgermeister an der Spitze marschierte zum Haus der Grubers. Der alte Gruber, seines Zeichens Amtsrichter in der Kreisstadt, hörte sich geduldig die Geschichte an, die ihm der Bürgermeister besorgt schilderte und erwiderte dann, es handele sich eindeutig um gewerbsmäßige Unzucht, die in Seilersfeld auf keinen Fall zu dulden sei. Auf die Frage, was man nun tun könne, verschwand er in seinem Haus und kehrte kurz darauf mit einem Gesetzbuch zurück. Er blätterte darin, bis er fand, wonach er gesucht hatte.

Mit fünfhundert Mark Geldstrafe oder einer Freiheitsstrafe wird bestraft, wer gewohnheitsmäßig zum Erwerbe Unzucht treibt in einer Wohnung, in der Kinder zwischen drei und achtzehn Jahren wohnen, verkündete er in einem amtlichen Tonfall.

Diesem Treiben könne noch am nächsten Tag ein Ende bereitet werden, erläuterte er der erleichterten Menge vor seinem Haus. Er wandte sich an einen der Väter, von dem er wusste, dass dessen Bruder beim Jugendamt in der Kreisstadt arbeitete. Er wies ihn an, am nächsten Tag vom Büro des Bürgermeisters aus seinen Bruder im Jugendamt anzurufen und ihm den Sachverhalt zu schildern. Dieser solle dem Gericht dann einen Eilantrag auf Heimunterbringung für den kleinen Paul überstellen. Er werde diesem Antrag noch morgen stattgeben und ihn mit einem vorläufigen Haftbefehl für Yvonne Schmidt ergänzen. Diese bliebe dann erst einmal in Haft, bis ihr im anschließenden Prozess das Sorgerecht für Paul entzogen und auf das Jugendamt übertragen worden sei. Für sie selbst sei danach an eine Unterbringung in einer Anstalt für gefallene Mädchen und Frauen zu denken, aber das könne er im Moment noch nicht so genau sagen.

Auf jeden Fall aber könne das Jugendamt noch morgen Nachmittag, spätestens am Donnerstag Vormittag in Begleitung eines Streifenwagens auf den Holzgärtnerhof fahren und den Jungen und seine verwahrloste Mutter abholen. Damit hätte sich der unglückselige Fall für Seilersfeld erledigt.

Fast jedenfalls, fügte er etwas trauriger hinzu.

Denn die Bauern müssten zwangsläufig mit einer Anzeige wegen Kuppelei rechnen, das könne man wegen des Strafverfolgungszwangs der Behörden nun einmal leider nicht unter den Tisch fallen lassen.

Benedikt kam von seinem Termin erst kurz vor Mitternacht nach Seilersfeld zurück. Zu spät, um Yvonne noch aufzusuchen, also fuhr er auf direktem Wege nach Hause. Als er die Haustür öffnete, wunderte er sich, dass in der Stube noch Licht brannte. Normalerweise ging sein Vater früher zu Bett. Aber dieser war nicht alleine. Benedikts Schafkopffreunde, der Ladenbesitzer Peter Kranz und der Polizeimeister Hubert Förster, hatten bis jetzt auf ihn gewartet.

Sie erzählten ihm in allen Einzelheiten, was sich am frühen Abend zugetragen hatte und was mit richterlichem Beschluss am nächsten Tag geschehen sollte. Sie sagten, dass sie im Gegensatz zu ihren Frauen und den meisten anderen kein gutes Gefühl dabei hätten. Von Benedikts Vater hatten sie erfahren, dass die Frau am Sonntag hier gewesen sei, und da dachten sie, er solle von den Plänen des Richters wissen.

Benedikt wurde blass.

Nach seinem heutigen Termin war er ohnehin über alle Maßen aufgewühlt, aber das, was seine Freunde ihm gerade berichteten, versetzte ihn in Panik.

Ein Zustand, den er nicht kannte.

»Verdammt!«, stieß er hervor, drehte sich um und rannte aus dem Haus. Es gab keine Zeit zu verlieren. Was er vorhatte, durfte nicht bis morgen warten. Seine beiden Freunde sahen sich zunächst verwundert an, dann rannten sie ihm hinterher. Benedikt sprintete die Ludwigstraße hoch und bog dann nach rechts in die Hauptstraße ab. Er lief am alten Brunnen vorbei und an der gelben Telefonzelle, die seit zwei Jahren dort stand. Peter und Hubert versuchten, an ihm dranzubleiben, aber es gelang ihnen nur mit Mühe. Benedikt hielt erst vor dem Haus von Klaus Benscheidt an, der am nächsten Morgen seinen Bruder im Kreisjugendamt instruieren sollte. Benedikt klingelte und hämmerte mit der Faust immer wieder gegen die Tür, bis diese sich endlich öffnete. Klaus stand im Morgenmantel vor ihm, unter dem ein hellblauer Pyjama sichtbar wurde.

Er trug Pantoffel.

Hechelnd trafen nun auch Peter Kranz und Hubert Förster ein. Benedikt sagte nur »Komm mit!« und zog seinen alten Schulkameraden in Morgenmantel und Pyjama die Stufen hinunter auf die Straße. Dieser protestierte zuerst heftig, aber als er bemerkte, dass selbst der Dorfsheriff anwesend war und keinerlei Anstalten machte, Benedikts Verhalten zu missbilligen oder gar zu unterbinden, ließ er sich von Benedikt die paar hundert Meter bis zum Haus des Richters führen. Immer wieder fragte er, was das solle und was Benedikt vorhabe. Fragen, die sich auch die beiden anderen insgeheim stellten.

Als der kleine Trupp das Haus des Richters erreichte, klingelte und hämmerte Benedikt auch hier so lange an der Tür, bis im Inneren das Licht anging und auch der alte Gruber in Pyjama und Morgenmantel in der Tür erschien.

»Wir müssen reden!«, sagte Benedikt nur und drückte Klaus an dem völlig verdutzten Richter vorbei ins Hausinnere. Direkt danach zwängte er sich selbst an Roland Gruber vorbei. Und bevor dieser etwas sagen konnte, gingen auch Peter Kranz und Hubert Förster an ihm vorbei und folgten Benedikt. Sie allerdings brachten wenigstens ein «Grüß Gott, Roland« heraus.

8

Am nächsten Morgen erwachte Benedikt mit Kopfschmerzen. Der gestrige Tag war lang und anstrengend gewesen und die Nacht wegen seiner Intervention bei Roland Gruber kurz. Er hatte nur wenig und unruhig geschlafen. Es war der Tag des Berlinbesuchs des amerikanischen Präsidenten Kennedy, und sie hatten den Grünschnabel von der Journalistenschule nach Berlin geschickt. Egal.

Ihn beschäftigte etwas anderes.

Er sehnte sich mit jeder Faser nach Yvonne, und er musste mit ihr reden. Also fuhr er nach einer Dusche und einem hastigen Frühstück hinaus zum Holzgärtnerhof. Sein erster Weg führte durch die stets offene Tür in die Küche der Bäuerin. Ihr erklärte er die Notwendigkeit, mit Yvonne ein paar Stunden in Ruhe unter vier Augen zu reden und bat sie darum, sich an diesem Vormittag um Paul zu kümmern. Dann ging er zu Yvonne. Er begrüßte zuerst Paul als großen Lokführer. Das Wiedersehen mit Yvonne fiel vor dem Jungen nicht so leidenschaftlich aus, wie sich beide das innerlich gewünscht hätten, aber das holten sie später am Seitenrand der Landstraße im Käfer nach.

Er wolle ihr etwas zeigen, hatte er gesagt und fuhr mit ihr zur Dorfmitte. Er parkte den Wagen direkt bei der Kirche. Deren goldener Kuppelturm mit dem Windhahn auf der Spitze überragte jedes Haus in Seilersfeld und war von überall zu sehen. Benedikt nahm Yvonnes Hand und führte sie um die Kirche herum, wo er mit ihr den hiesigen Friedhof betrat. Es waren ein paar ältere Dorfbewohner unterwegs, die ihnen verwundert hinterher schauten.

Der Friedhof präsentierte sich ebenso gepflegt wie alle Gärten und Grünflächen des Dorfes. Selbst um die alten Gräber mit den verwitterten und teils schiefen Grabsteinen aus dem vorigen Jahrhundert kümmerte sich jemand, so dass kein Wildwuchs entstand. Im westlichen Teil des Friedhofs hielt er vor einem der Gräber an.

»Hallo Mama, das ist Yvonne. Die Frau, die ich liebe.«

Yvonne betrachtete den schlichten Grabstein und las, was auf ihm stand. Es war kein Spruch vorhanden, nicht einmal eine Einleitung in der Art wie »Hier ruht ...« oder so etwas. Der Stein gab nur die nackten Daten wieder.

Helen Marquardt
geb. Springer
15.03.1899 – 17.12.1944

»Hallo Frau Marquardt«, sagte Yvonne und fügte leise hinzu: »Ich bin die Frau, die ihren Sohn liebt.«

Sie hatte sich nun zwei Tage, die kein Ende zu nehmen schienen, nach Benedikt gesehnt. Warum führte er sie nun hierher, an das Grab seiner Mutter, statt mit ihr einen romantischen Ausflug, ein paar einsame Stunden im Wald oder in einer Stadt zu verbringen, wo man sie nicht kannte? Nicht, dass sie nicht gewillt gewesen wäre, seiner Mutter diese Ehre zu erweisen, insbesondere dann nicht, wenn ihm so offensichtlich daran gelegen war. Aber sie hatte doch etwas anderes für diesen Tag erwartet.

Dem Grab gegenüber stand eine Bank zum Verweilen, und Benedikt forderte Yvonne auf, sich mit ihm auf diese Bank zu setzen. Sie legte ihre Hand auf seinen Oberschenkel, während er noch für ein paar Minuten das Grab seiner Mutter betrachtete. Dann sagte er plötzlich: »Es ist nur eine Attrappe. Sie liegt hier nicht wirklich.«

»Ich verstehe nicht«, sagte Yvonne.

»Von ihr blieb nichts übrig, was man hätte bestatten können«, erklärte er. »Sie starb bei einem Bombenangriff auf München am 17. Dezember 1944. Es war ein Volltreffer. Alle Bewohner des Hauses sind vollständig verbrannt. Auch meine Großmutter, die Mutter meiner Mutter.«

»Das tut mir leid.«

»Ich habe dieses Grab 1956 anlegen lassen und zahle auch die Miete dafür. Es enthält nur ein paar Kleider, Fotografien und einige persönliche Gegenstände von ihr. Mein Vater mag es nicht. Er war nicht dabei, als der Sarg mit den Sachen eingelassen wurde. Er war überhaupt noch nie hier. Dieses Grab existiert nur für mich. Ich habe auch die Bank bezahlt, auf der wir sitzen.«

Yvonne hörte ihm zu und schwieg.

»Ich habe zwölf Jahre gebraucht, um mich mit meiner Schuld zu arrangieren. Aber dann brauchte ich diesen Ort, zu dem ich gehen und bei dem ich sitzen konnte, um mit ihr zu reden.«

Yvonne wurde hellhörig.

»Deine Schuld? Was für eine Schuld?«

Es dauerte einen Moment, bevor er antwortete.

»Mein Vater befand sich seit September 1944 in

britischer Kriegsgefangenschaft. Wir waren seitdem allein zu Hause. Und als es auf Weihnachten zuging, sehnte ich mich nach meiner Großmutter. Ich schlug vor, dass wir Anfang Dezember zu ihr nach München fuhren und bis Neujahr blieben, aber meine Mutter war dagegen. Sie wollte ihre Mutter nach Seilersfeld holen, weil es hier sicherer war als in der Großstadt. Ich war 18 Jahre alt zu dieser Zeit und hatte die Schnauze voll von dieser Ödnis. Ich wollte nicht nur meine Großmutter wiedersehen, ich wollte auch unbedingt nach München. In die große Stadt. Die Feldherrenhalle sehen und überhaupt vieles in der sogenannten Hauptstadt der nationalsozialistischen Bewegung. Ich Idiot war immer noch ein Schwärmer, weißt Du?«

Das hatte Yvonne nicht erwartet. Das Bild, das sie sich von Benedikt zurechtgelegt hatte, war das eines liberalen Freidenkers. Ein Nazi? Oder zumindest ein Sympathisant? Das war überraschend. Aber vielleicht musste man sich einmal dreihundertsechzig Grad im Kreis drehen, auch das Dunkle annehmen, vielleicht zu verstehen versuchen, um frei zu sein. Ihr Leben war zu einsilbig verlaufen, um es beurteilen zu können. Es gab noch so vieles an ihm zu entdecken.

»Wie dem auch sei«, fuhr er fort, »wir hatten viele Diskussionen und haben uns auch deswegen gestritten. Aber letztendlich setzte ich mich durch. Wir besuchten meine Oma in München und hatten vor, Weihnachten und Silvester mit ihr zu feiern und sie dann Anfang Januar mit nach Seilersfeld zu nehmen. Das war der Kompromiss. Aber dazu kam es nicht. In der Nacht zum 18. Dezember kamen die Bomber. Ich sah mir an diesem Abend die Wochenschau in einem Filmtheater an und hockte dann dort in einem Luftschutzkeller. Als ich nach der Entwarnung durch die zertrümmerte Altstadt zum Mietshaus meiner Oma zurückkehrte, stand es nicht mehr.«

Yvonne schwieg, aber sie streichelte ihm tröstend über den Rücken.

»Hätte ich meine Mutter nicht überredet, nach München zu fahren, hätte ich mich stattdessen überzeugen lassen, meine Oma direkt nach Seilersfeld zu holen, würden beide noch leben. Ich habe mir jahrelang die Schuld an ihrem Tod gegeben. Und als mein Vater heimkehrte, machte er anfangs auch keinen Hehl aus diesem Zusammenhang. Aber im Gegensatz zu mir, hat er schnell damit begonnen, denen die Verantwortung zu geben, die sie wirklich hatten. Den Politikern, die diesen Krieg so geführt haben, wie sie ihn geführt haben. Churchill zum Beispiel, aber allen anderen voran Hitler. Ich habe länger dafür gebraucht, irgendwann einzusehen, dass mein Anteil am Tod meiner Mutter und meiner Oma keine individuelle Schuld begründete. Man entscheidet sich, mit dem Auto zu fahren und gerät in einen Unfall. Man entscheidet sich, mit dem Zug zu fahren, und der entgleist. Die Folgen einer Entscheidung, die nicht im Zusammenhang mit den Gründen stehen, aus denen heraus man sie getroffen hat, begründen keine Verantwortung und keine Schuld. Wenn ich durch eine leichtsinnige Fahrweise mit dem Auto einen Unfall verursache, dann bin ich dafür verantwortlich. Wenn ich aber unverschuldet in einen Unfall gerate, bin ich für diesen und seine Folgen nicht verantwortlich, nur weil ich mich an diesem Tag für das Auto statt für das Fahrrad entschieden habe. Ich bin nicht dafür verantwortlich, dass die Bombe das Haus meiner Oma traf und nicht das Theater, in dessen Keller ich hockte.«

Yvonne wurde das Gefühl nicht los, dass Benedikt einen Grund hatte, ihr diese Geschichte zu erzählen. Dass er ihr damit etwas sagen wollte.

Das beunruhigte sie.

Alles andere wäre schon ein großer Zufall gewesen. Deswegen erwiderte sie nichts auf seine Geschichte. Sie hatte ihre Hände in den Schoß gelegt und starrte unverwandt auf das nur mit persönlichen Gegenständen bestückte Grab. Auch Benedikt machte eine Pause, bevor er wieder ansetzte.

»Vorgestern habe ich in Nürnberg über einen Gerichtsprozess berichtet«, sagte er.

»Ich weiß«, erwiderte Yvonne. »Ich habe Deinen Artikel gelesen in Wilmas Zeitung.«

Benedikt fragte nicht, ob oder wie er ihr gefallen hat.

Er wollte etwas anderes erzählen.

»Gestern war ich in Ingolstadt. Bei der öffentlichen Gedenkfeier für die sieben Kinder, die ein Amokläufer in einem Kindergarten erschossen hatte.«

Yvonne starrte auf das leere Grab.

»Ich habe sogar Alfons Goppel, den bayerischen Ministerpräsidenten, interviewt. Und auch den Ermittlungsführer der Kriminalpolizei sowie ehemalige Arbeitskollegen des von der Polizei getöteten Täters. Es handelte sich um einen 40jährigen Mechaniker von der Auto-Union.«

Er machte eine kleine Pause. Yvonne starrte immer noch auf das Grab seiner Mutter und schien auf einmal mit ihren Gedanken weit weg zu sein

»Er hatte eine russische Pistole. Eine Makarov. Man nimmt an, dass er sie aus dem Krieg mitgebracht und die ganze Zeit bei sich zu Hause aufbewahrt hatte.« Benedikt drehte sich zu der scheinbar träumenden Frau neben ihm und sprach sie direkt an: »Eigentlich war es gar nicht sein Plan, diese Kinder zu erschießen, weißt Du?« Yvonne erwiderte nichts, und Benedikt sah, dass sie kaum noch atmete. Es schien ihn nicht zu überraschen, also sprach er weiter: »Er wollte eigentlich nur seine Frau und seinen Sohn erschießen. Sein Junge ging selbst in diesen Kindergarten, und seine Frau war eine der Kindergärtnerinnen.«

Benedikt griff sich in die Innentasche seines Jacketts und fischte die Zigarettenpackung heraus. Obwohl er ahnte, dass Yvonne nicht rauchte, bot er ihr eine an. Sie zog eine der Zigaretten aus der Schachtel. Benedikt hielt ihr sein Feuerzeug hin, aber Yvonne traf die Flamme nur mit Mühe.

Sie zitterte.

Dann steckte er sich selber eine an. Natürlich war es verpönt, auf dem Friedhof zu rauchen, aber inzwischen waren sie weit und breit die einzigen Menschen. Die meisten Bewohner des Dorfes hatten begonnen, sich im Heuslinger Gasthof zu versammeln, der über so ziemlich den einzigen Fernsehapparat in Seilersfeld verfügte, um sich die Direktübertragung des Berlinbesuchs von John F. Kennedy anzusehen. Man war allgemein gespannt auf Kennedys Rede. Benedikt fuhr mit seiner Erzählung fort.

»Am Tag der Tat hatte es bei der Auto-Union eine organisierte Blutspende des Roten Kreuzes gegeben, an der dieser Mechaniker teilgenommen hat, weil er über einen Blutspenderausweis verfügte und seine Blutgruppe bereits kannte. Während er da so auf der Pritsche lag und seinem Blut zusah, wie es durch den transparenten Schlauch in den Beutel lief, erzählte er dem medizinischen Leiter dieser Rotkreuz-Einheit amüsiert, dass alle Mitglieder seiner Familie eine andere Blutgruppe hätten. Er selbst habe A, seine Frau habe 0 und sein Sohn B. Das sei nicht möglich, erwiderte der Rotkreuz-Mann. Doch, doch, beharrte der Mechaniker auf seiner Geschichte. Der Rotkreuz-Mann dagegen beharrte auf seinem Fachwissen. Wenn er A und seine Frau 0 hätten, könne sein Sohn nicht B haben, so seien nun einmal die unumstößlichen Vererbungsgesetze für Blutgruppen. Er müsse sich also irren. Der Mechaniker erklärte, er sei sich absolut sicher, dass sein Sohn die Blutgruppe B habe. In dem Fall, so konterte der Rotkreuz-Mann, könne er sich ebenso absolut sicher sein, dass es dann eben nicht sein Sohn sei.«

Benedikt zog an seiner Zigarette und warf einen prüfenden und sorgenvollen Blick auf Yvonne.

»Der Mann wurde zuerst so weiß wie das Laken, auf dem er lag, und dann so feuerrot, wie die Rotkreuz-Uniform, in der der andere steckte. Er zog sich selbst die Nadel aus der Armbeuge, sprang auf und verschwand. Sein Kollege auf der Nachbarpritsche erkannte sofort, welch verheerenden Fehler der unsensible Mediziner gerade begangen hatte und ließ die Polizei alarmieren. Der Beamte in der Notrufleitung brauchte zu lange, um den Sachverhalt zu begreifen, und als endlich ein Streifenwagen die Wohnung des Täters erreichte, war dieser schon dort gewesen, hatte die Makarov geholt und befand sich mittlerweile auf dem Weg zu jenem Kindergarten, in den der Junge ging und in dem seine Frau arbeitete.«

Yvonne hielt den glimmenden Stumpf ihrer Zigarette zwischen Zeige- und Mittelfinger und hatte schon lange nicht mehr daran gezogen oder sie bewegt. Eine lange, gekrümmte Stange aus grauer Asche ragte in die Seilersfelder Friedhofsluft, wie eine durch die Hitze verbogene Stahlstrebe einer ausgebombten Fassade. Sie zeigte wie ein Finger auf das vor ihnen liegende Grab, bevor sie abfiel und zerbröselte.

»Er stürmte den Kindergarten und brüllte wutentbrannt nach seiner Frau. Wie ein entfesselter Berserker riss er jede Tür auf, suchte sie und brüllte immerfort. Und als ihm eine der anderen Kindergärtnerinnen, die verängstigt hinter einem Pult kauerte, sagte, dass seine Frau mit dem Jungen nicht im Kindergarten, sondern zu einem Arzt gegangen sei, weil der Junge plötzlich Fieber bekommen hatte, entlud sich sein zum Platzen angestauter Zorn in einem unkontrollierten und wahllosen Kugelhagel.«

Yvonne hatte den Rest der Kippe fallen lassen.

Sie hielt sich die Ohren zu und wimmerte.

Benedikt legte seinen Arm um sie und drückte sie an sich. Am liebsten hätte sie in diesem Moment die Schleusen geöffnet und das ganze Gift ausgespuckt, das sich in ihrer Kehle angesammelt hatte. Aber es ging nicht. Vielleicht hatte sie es schon zu oft getan.

Jetzt konnte sie nur wimmern.

Und dann hörte Benedikt, dass sie etwas flüsterte:

»Diese untreue Hure hat sieben unschuldige Kinder auf dem Gewissen. Ich verachte sie!«

Benedikt griff ihr unter die Arme und hob sie auf. Er stützte sie auf dem Weg zum Auto. Der Gasthof auf der anderen Seite des Kirchplatzes war voll. Sicher sahen seine Gäste im großen Saal gerade den jungen amerikanischen Präsidenten hinter seinem Rednerpult und lauschten seiner Rede. Benedikt war sich sicher, dass viele von ihnen sich während Kennedys Rede schon darauf freuten, im Anschluss die Polizei und das Jugendamt zu erwarten, um der Abholung von Paul sowie der Verhaftung seiner Mutter beizuwohnen.

Aber dazu würde es nicht kommen.

Weder die Polizei noch das Jugendamt würden kommen. Dafür hatte er in der Nacht gesorgt, als er Roland Gruber und den anderen erzählte, was er inzwischen wusste. Er hatte diese Entscheidung allein treffen müssen. Ohne Yvonne vorher zu fragen.

Dabei war ihm klar, dass er ihr Geheimnis offenbaren und sie somit wird opfern müssen.

Ihre wahre Identität würde sich herumsprechen.

Das ging bestimmt recht schnell, und sie könne auch in Seilersfeld nicht bleiben. Als sie seinen grauen VW Käfer erreichten, klemmte ein Zettel hinter dem rechten Scheibenwischer. Auf ihm war mit einem dicken, roten Filzstift nur ein Wort geschrieben.

Mörderin

Es ging wirklich schnell.

Ja, Yvonne musste sich ein neues Exil suchen.

Aber dorthin würde sie nicht alleine gehen.

Sie würde dann auch nicht mehr *Schmidt* heißen.

Sie würde dann *Marquardt* heißen.

Die auf dem Buchrücken zitierten Bücher-Blogs finden Sie hier:

http://binchensbuecher.blogspot.de/
http://magischemomentefuermich.blogspot.de/
http://linejasmin.blogspot.de/
http://daslesesofa.blogspot.de/
http://www.vielleserin.de/

Wenn Ihnen

„Verstecktes Herz"

gefallen hat, könnten auch die folgenden
Empfehlungen interessant für Sie sein:

TANJA BERN

Distant Shore
1
Sterne der See

ROMANCE

MEIN KOPFKINO

Tanja Bern
„Distant Shore – Sterne der See"

Ben verliert seine Schwester Kristin an den Krebs. Vor ihrem Tod hatte sie für ihn einen Urlaub in ihrem geliebten Irland gebucht, weil sie ahnte, dass Ben dort zu sich selbst finden könne. Obwohl er keinen Bezug zu Irland hat, lässt er sich darauf ein und fährt nach Kerry. Dort begegnet er der Irin Hanna, zu der er sich sofort hingezogen fühlt. Aber sie verbirgt ein Geheimnis und hält Ben einerseits etwas auf Abstand, sucht aber andererseits auch seine Nähe. Ben verliebt sich in dieses wildromantische Land und verliert an Hanna sein Herz. Dann wird sie plötzlich vermisst, und Ben setzt alles daran sie zu finden.

ISBN: 978-3-9816987-4-9   Preis: 6,95 €

"Ich verfolgte das Geschehen mit Herzklopfen"
Bücherblog "BuchZeiten"

"Eine mitreißende Romanze. Sehnsucht mit jeder Zeile"
Bücherblog "Literaturdinge"

"Ich konnte es nicht mehr aus der Hand legen."
Melli's Bücherblog

"Es ist eines jener Bücher, die man genießt und an die man am nächsten Tag noch denkt"
Bücherblog "Fairy-book"

THOMAS DELLENBUSCH

Liebe ist kein Gefühl

ERZÄHLUNG

MEIN KOPFKINO

Thomas Dellenbusch
„Liebe ist kein Gefühl"

Nina will ihren 39. Geburtstag nicht feiern. Stattdessen lässt sie sich ohne Plan oder Ziel durch die Stadt treiben. Sie glaubt, dass da draußen etwas auf sie wartet. Ein Artikel in einer Zeitschrift, der die Liebe aus einem unerwarteten Blickwinkel heraus betrachtet, weckt ihre Neugierde. Das Titelbild zeigt den Verfasser, und sie erkennt etwas an ihm, das sie dazu verleitet, diesen Mann finden zu wollen. Es wird ein Trip, der sie weit weg führen wird. In den hohen Norden Irlands.

ISBN: 978-3-9816987-5-6   Preis: 6,95 €

"Diese Geschichte gibt uns den Glauben an die Liebe zurück."
Bücherblog "Magische Momente"

"Selten habe ich solche Zeilen gelesen. Ein wahrer Schatz!"
Ka-Sa's Buchfinder

"Werde ich so schnell nicht mehr vergessen."
Line's Bücherwelt

"Ein absolutes Must-Have!"
Das Lesesofa

"Mein Buch des Jahres"
Bücherblog "BooksinmyWorld"

Im KopfKino-Verlag sind bisher erschienen:

Thomas Dellenbusch
Der Matrjoschka Code
Das Testament
Der Nobelpreis
Der Weichensteller
Verstecktes Herz
Liebe ist kein Gefühl
Chase – Jagd auf die stumme Dichterin

Lilly M. Daniel
Auch die gute Hoffnung stirbt zuletzt

Pia Recht
Der Herzschlag Connemaras - Kastanienrot

Tanja Bern
Distant Shore – Sterne der See

Annika Dick
Lovely Skye – Ein Sommer in Balnodren

Alle Geschichten sind auch als
eBook oder Hörbuch erhältlich

Ausführliche Lese- und Hörproben finden Sie auf
MeinKopfKino.de

Thomas Dellenbusch wurde 1964 in Düsseldorf geboren. Der ehemalige Kriminalbeamte und jetzige Werbetexter schreibt ausschließlich Novellen (Erzählungen) und lässt sich nicht auf ein Genre festlegen. Aus seiner Feder stammen jedoch auch öffentliche Reden für Minister, Gedichte für Mitmenschen, Drehbücher, Reflexionen, und vieles mehr, was sich in lebendige Worte kleiden lässt.

Thomas Dellenbusch im KopfKino-Verlag:

"Der Weichensteller"
"Das Testament"
"Der Nobelpreis"
"Der Matrjoschka Code"
"Verstecktes Herz"
"Liebe ist kein Gefühl"
"CHASE - Jagd auf die stumme Dichterin"

Sonstige Veröffentlichungen:

„Worte im Kreis", Anthologie (ISBN 9783839145562)
Drehbuch „Texas Hold'em Poker" (Lehr-DVD; MMP)
Drehbuch „Einbruchschutz" (Film; LKA NRW & LBS)